Stadion

Moldau

DISCHES VIERTEL

Pulverturm

ALTSTADT

Wenzelsplatz

Nationalmuseum

Andreas Schlüter

City Crime

Puppentanz in Prag

Mit Bildern von Daniel Napp

TULIPAN VERLAG

GEWONNEN!

Höchste Konzentration! Finns Zunge flutschte zwischen seinen zusammengekniffenen Lippen hervor, wanderte von einem Mundwinkel zum anderen und wieder zurück. Seine Augen fixierten den großen Segelmast des Piratenschiff-Modells, nur wenige Zentimeter vor seiner Nasenspitze. In seiner zittrigen Hand hielt er den Ausguckkorb, der an den Mast geklebt werden musste.

Schon dreimal hatte Finn es probiert. Dreimal war der Korb wieder abgefallen. Zum vierten Mal also fummelte er den kleinen Plastikkorb durch die Schnüre des Dreimasters und hoffte, dass er jetzt endlich halten würde. Er hatte dieses Mal einen Sekundenkleber genommen, der sicher wirksamer war und vor allem schneller trocknen würde als der Kleber, der dem Modellbaukasten beigelegen hatte.

Noch einen Millimeter. Schon berührte der Korb den Mast. Jetzt musste Finn Korb und Mast fest zusammendrücken, ohne abzurutschen, und dann …

… ein gellender Schrei!

Finn zuckte zusammen. Dadurch ruckelte er versehentlich an dem Korb, der aus seiner Position rutschte, herabfiel und durch die Luke im Deck im Laderaum des Schiffes verschwand. »OH MANN!«, brüllte Finn. »Verdammt noch mal!«

Seine Schwester Joanna, mit ihren dreizehn Jahren zwei Jahre älter als er, stürzte in sein Zimmer und quiekte erneut, als hätte man einem Hund auf den Schwanz getreten.

»Musst du so kreischen, verdammt?«, pflaumte Finn sie an.

»Ich hab sie!«, schrie sie voller Freude. »Ich hab gewonnen!«

»Weißt du, wie lange ich schon versuche, diesen blöden Korb an den Mast zu kleben?«, fragte Finn schlecht gelaunt.

Doch Joanna hörte gar nicht hin. »GE-WON-NEEEEN!«

Finn seufzte. Er wusste, sie würde jetzt keine Ruhe mehr geben, bis er nachgefragt hatte. Also tat er ihr den Gefallen. »Und? Was hast du gewonnen?«

Joanna hielt ihm einen Brief vor die Nase. »Zwei Eintrittskarten für ein Konzert von … tataaaaaa …!« Sie breitete die Arme aus, stellte sich auf die Zehenspitzen und legte den Kopf in den Nacken, als würde sie selbst auf der Bühne stehen und den Applaus von Tausenden Fans einheimsen. »… vooooon COLDPLAY!«

»Aha!«, kommentierte Finn knapp. Er wusste, dass es Joannas derzeitige Lieblingsband war. Er selbst fand sie auch nicht schlecht, aber nun auch nicht sooo dermaßen gut. Er gratulierte ihr, hatte damit seine Pflicht erfüllt und wollte sich gerade wieder auf die Suche nach dem Korb im Bauch des Schiffes machen, als Joanna dicht an ihn heranrückte.

»Wie? Das war alles? ›Aha‹ und sonst nichts? Hast du mir nicht zugehört? Zwei Karten!«, wiederholte sie. »Für Coldplay. Hallo? Das ist DIE Sensation. Das Konzert ist seit Monaten ausverkauft. Hörst du, seit Mo-na-ten!«

»Schön!«, sagte Finn ungerührt. »Viel Spaß. Mit wem gehst du?«

Joanna verstand langsam, dass ihr Bruder nichts begriff. »Du weißt nicht, wo das Konzert stattfindet, oder?«, fragte sie.

Finn wusste es nicht und es interessierte ihn auch nicht. Er wollte einfach nur den Ausguckkorb wiederfinden und endlich an den Mast kleben. Und zwar am liebsten sofort, ganz allein und in Ruhe!

Doch Joanna ließ sich nicht abwimmeln. Sie wedelte mit dem Gutschein für die Eintrittskarten vor Finns Gesicht herum und erklärte: »Das Konzert findet in Prag statt! Verstehst du? Da kann ich nicht allein mit einer Freundin hinreisen. Erstens sowieso nicht und zweitens habe ich an dem Preisausschreiben mit Mamas Namen teilgenommen. Denn Minderjährige durften nicht mitspielen. Und damit ist klar: Wir müssen alle fahren, die ganze Familie. Mama muss den Gutschein gegen Eintrittskarten einlösen. Und dann gehst DU mit mir zu Coldplay, oder meinst du, ich will in Begleitung von Mama in ein Rockkonzert? Hallo?«

Jetzt unterbrach Finn doch seine Suche und starrte seine Schwester mit offenem Mund an. Er wusste gar nicht, was er zuerst fragen sollte. Vielleicht, ob Joanna sich Gedanken darüber gemacht hatte, ob er überhaupt Lust hatte, in das Konzert zu gehen, und dann noch in Prag? Aber eine andere Frage brannte ihm auf der Zunge.

»Lass mich raten. Mama weiß von alldem noch nichts, oder?«

Joanna setzte zu einem hysterisch klingenden Lachen an, besann sich dann aber doch, ernst zu bleiben, und antwortete nur: »Natürlich nicht, was denkst du denn?«

Mit diesen Worten hüpfte sie fröhlich aus dem Zimmer, als wäre alles in bester Ordnung, und vor allem, als wäre längst geklärt, dass sie bald nach Prag reisen würden.

Bald? Finn fiel eine zweite Frage ein: »Wann denn überhaupt?«
Joanna steckte wieder kurz den Kopf in sein Zimmer. »Samstag in einer Woche. Cool, oder?«

Und schon war ihr Kopf wieder verschwunden.

»Cool!«, wiederholte Finn leise für sich und schüttelte fassungslos den Kopf.

»COOL? Bist du nicht mehr bei Sinnen?« Das waren die Worte ihrer Mutter, als Joanna am Abend von der großen Neuigkeit berichtete.

Finn saß in seinem Zimmer am Computer. Er postete gerade die ersten Bilder seines fertigen Piratenschiffs im Internet, hörte dabei das Gespräch zwischen seiner Schwester und seiner Mutter durch die Tür hindurch mit und schmunzelte. Er wusste, Auseinandersetzungen zwischen den beiden, die so begannen, endeten in der Regel mit einem klaren Sieg für Joanna.

Entsprechend tippte Finn seine Prognose in den Chatroom ein, in dem er sich gerade mit einigen Jungs aus seiner Schulklasse unterhielt, denen er stolz sein fertiges Piratenschiff präsentiert hatte.

```
Ich glaube, wir fahren nächste
Woche nach Prag.
```

Die Antworten ließen nicht lange auf sich warten.

```
Cool!
```

So schrieben die meisten, worüber Finn erneut lächeln musste. Prag fanden offenbar alle »cool«.

Finn hatte überhaupt nichts über Prag gewusst und deshalb am Nachmittag schnell im Internet nachgeschaut. Also, Prag war die Hauptstadt von Tschechien, hatte 1,2 Millionen Einwohner und war damit in etwa so groß wie München. Das Kfz-Kennzeichen von Prag lautete erstaunlicherweise »A«. Die Währung hieß Tschechische Kronen, wobei 25 Kronen ungefähr einem Euro entsprachen. Gesprochen wurden die Sprachen Tschechisch und Slowakisch. Weil aber Prag vom Mittelalter bis in die Mitte des 19. Jahrhunderts eine deutsche Bevölkerungsmehrheit hatte und später zum Habsburger Reich Österreich-Ungarn gehörte, sprachen bis heute viele Bewohner Deutsch oder konnten die deutsche Sprache zumindest gut verstehen.

Das Interessanteste aber war, dass man Prag als die »Goldene Stadt« bezeichnete. Allerdings gab es hier nicht etwa verborgene Schätze oder Paläste und Häuser mit vergoldeten Dächern. Der Name ging auf Kaiser Karl IV. zurück. Der römisch-deutsche Kaiser und König von Böhmen und Burgund, einer der mächtigsten Herrscher des Mittelalters, war in Prag geboren worden und hatte dort residiert. Seinen Untertanen hatte er kulturellen und wirtschaftlichen Reichtum versprochen, also Prag zur »Goldenen Stadt« zu machen.

›Schade!‹, hatte Finn gedacht und die Seite im Internet enttäuscht wieder weggeklickt. Er würde in Prag nicht auf Goldadern stoßen.

Tom aus seiner Klasse schrieb im Chat:

```
Prag ist so ähnlich wie Augsburg.
Wegen der Marionetten.
```

Finn stutzte.

```
Marionetten?
```

Die Antwort kam prompt:

```
Na, Augsburger Puppenkiste.
Und das Prager Marionettentheater
Spejbl und Hurvínek. Weltberühmt!
```

Finn kannte sie nicht. Und nach einigem Hin und Her im Chat musste auch Tom zugeben, dass er die Puppentheater eigentlich nur durch seine Eltern kannte.

```
Mein Vater hat noch etliche
Videokassetten von beiden
Puppentheatern zu Hause.
```

Worauf sich Yannik meldete:

```
Was ist denn bitte schön
eine »Videokassette«?
```

Finn verabschiedete sich aus dem Chat, denn die Diskussion zwischen Joanna und seiner Mutter ging dem Höhepunkt entgegen. Die Zeichen für Joanna standen nach wie vor günstig. Mama konnte als selbstständige Handelsvertreterin ihre Termine umlegen und Papa sich als Kunstmaler seine Zeit ohnehin frei einteilen. Nach ihrem Abenteuer in Florenz, wo Papa und Joanna einige Monate allein gelebt hatten, waren ihre Eltern wieder zusammengekommen. Papa hatte in Florenz mithilfe von Finn und Joanna einen sensationellen Kunstschatz entdeckt und dafür vom italienischen Kultusministerium eine satte Belohnung erhalten. So war ausnahmsweise Geld kein Streitthema zwischen den Eltern. Die Lage war also günstig. Zurzeit herrschte ein harmonisches Familienleben. Beste Voraussetzungen für eine kleine Städtereise nach Prag.

Genau das alles hatte Joanna ihrer Mutter soeben in einem beachtlichen Redeschwall erläutert, sodass die erst einmal sprachlos war und sich einen Tee kochte. Joanna hatte so gut wie gewonnen. Wenn Mama sich einen Tee kochte, war sie mit ihren Argumenten am Ende.

Finn lauschte an der Tür und wartete auf den entscheidenden Satz, der prompt kam: »Na, mal sehen, was Papa dazu sagt.«

Damit war für Finn die Sache klar. Er zog seinen Rucksack aus dem Schrank und überlegte, was er alles mitnehmen sollte. Es gab keinen Zweifel mehr: Nächstes Wochenende fuhren sie nach Prag!

Auf nach Prag!

Ein herrlicher Tag! Da konnte man wirklich nicht meckern. Der Himmel war eine einzige, strahlend hellblaue Fläche – wie ein frisch gestrichenes Schwimmbad. Finn setzte sich seine neue Sonnenbrille auf, von der ihm alle in der Klasse bestätigt hatten, dass sie »cool« wäre, blinzelte in die Sonne und schaute über das Panorama der Stadt.

Aber das Tollste war: Zur Feier des Tages lud Papa die ganze Familie zum Essen ein. Und zwar nicht einfach in einen Imbiss oder zu McDonald's – was Finn und Joanna allerdings auch recht gewesen wäre –, sondern in ein typisches Prager Restaurant, wie Papa behauptete. Finn war zunächst skeptisch. Er kannte das: Wenn irgendwo auf Ferienreisen etwas »landestypisch« war, dann waren das meistens Dinge, die er nicht mochte. In Frankreich hatte es mal Schnecken gegeben, auf Mallorca seltsame Innereien und in Griechenland lauwarmes Essen.

Aber als dann der Teller serviert wurde, war Finn hin und weg: dampfender Apfelrotkohl mit köstlichsten Semmelknödeln und einer gebratenen Ente, wie Finn sie noch nie gegessen hatte. »Die gute böhmische Küche!«, wie Papa es nannte, ließ Finn sich gefallen. Genau so musste Essen seiner Meinung nach sein: kräftig, voller Geschmack und – große Portionen!

Nur Mama verzog das Gesicht. »Da hätte ich mir meine Frühjahrsdiät ja sparen können!«, nörgelte sie und griff zum dritten Mal zur Speisekarte, um zu schauen, ob sie nicht doch noch einen leckeren Salat finden konnte.

Papa genoss ein großes Bier, sattdunkelgolden wie flüssiger Honig, mit hellem Schaum drauf, trank mit einem Schluck das halbe Glas leer, lehnte sich genüsslich zurück und seufzte: »So muss ein frisch gezapftes Bier schmecken. Die Tschechen machen das beste Bier der Welt!«

Joanna hatte sich Palatschinken bestellt, was Finn wunderte, denn für gewöhnlich aß sie nicht besonders gern Fleisch. Doch dann sah er, dass dieser »Schinken« nichts mit Fleisch zu tun hatte: Joanna bekam herrlich frisch zubereitete Eierpfannkuchen, bestrichen mit Aprikosenkonfitüre. Papa ließ sich zu seinem Bier einen warmen »Prager Schinken« schmecken, der auch wirklich ein Schinken war. Dazu eine deftige Portion Sauerkraut. Und Mama suchte in der Karte immer noch vergeblich nach etwas, das weniger als tausend Kalorien zählte, wie sie griesgrämig behauptete.

»Gar nichts essen hat null Kalorien!«, kicherte Papa.

Aber das fand Mama überhaupt nicht witzig. Und schon hing die Stimmung wieder auf halbmast.

»Ipf pfreu mipf pfon auf die Karlpfsbrücke!«, versuchte Joanna mit vollem Mund für gute Laune zu sorgen.

Aber niemand verstand sie.

Stattdessen rief Finn: »Bei mir regnet's Pfannkuchen!« Er meinte die Sprenkel, die aus Joannas Mund flogen.

Mamas Mundwinkel rutschten noch weiter nach unten.

Joanna schlang ihren Bissen hinunter und wiederholte diesmal mit leerem Mund: »Ich freue mich schon auf die Karlsbrücke!«

»Ich auch!«, behauptete Finn, obwohl er nicht wusste, was ihn dort erwartete. Die Seite hatte er im Reiseführer übersprungen.

Mama hatte sich endlich entschlossen, doch noch etwas zu essen, und bestellte sich Nudeln mit Spinat und Spiegelei. Das Gericht kam pünktlich in dem Augenblick, als die anderen drei gerade fertig waren. Joanna und Finn machte das nichts aus. Es war eine gute Gelegenheit, sich noch Nachtisch zu bestellen. Und so gab es für jeden ein großes Eis. Zwar standen eine Reihe anderer superleckerer Sachen auf der Dessertkarte, aber das hätten die beiden nicht mehr in ihre prallvollen Mägen bekommen. Eis hingegen passte immer noch hinein.

Als schließlich auch Mama fertig war, was nicht allzu lange dauerte, weil sie die Hälfte stehen ließ, rieb Finn sich den Bauch. »Mann, ich bin pappsatt!«

»Zeit, ein bisschen zu laufen!«, fand Joanna. »Ich will zur Karlsbrücke!«

Und so machten sich die vier endlich auf den Weg. Sie hatten nur ein paar Minuten zu gehen. Nicht nur, weil die Karlsbrücke so nah gelegen war. Sondern auch, weil es dort keinen Meter mehr voranging. Tausende Touristen hatten die Brücke besetzt und machten ein Weiterkommen schlicht unmöglich.

Glaubte zumindest Finn. Doch Joanna ging wacker voran, und Finn wunderte sich, dass sich tatsächlich immer wieder ganz von selbst schmale Pfade in der Menschenmasse auftaten, ohne dass man jemanden anrempeln oder beiseiteschieben musste. Ein eigenartiges Phänomen, fand er. Beinahe wie ein Fischschwarm, der sich teilte, wenn ein Raubfisch durch ihn hindurchschwamm, ohne dass jemand hätte sagen können, wer den Befehl zur Teilung gegeben hatte. So glitt die vierköpfige Familie durch die Touristenmenge wie ein erhitztes Messer durch Butter. Doch schon nach wenigen Metern blieben sie wieder stehen, weil Joanna etwas entdeckt hatte.

»Seht mal!«

Am Anfang der Brücke stand ein Brautpaar. Genau so eines, wie man es aus Filmen kannte. Die Braut trug ein langes, weißes Hochzeitskleid mit Rüschen und langer Schleppe, dazu weiße Spitzenhandschuhe, mit denen sie einen großen Strauß roter Rosen in Händen hielt. Daneben ihr Bräutigam im Hochzeitsfrack und einem Zylinder auf dem Kopf.

Finn sah sich nach einem Kamerateam um, den Beleuchtern und den Wohnwagen für die Schauspieler, denn er hoffte, hier würde ein Film gedreht. Doch Fehlanzeige. Das Brautpaar war echt. Es stand an der Brüstung der Brücke und ließ sich nicht nur von den Familienmitgliedern, sondern von Hunderten Touristen vor dem Hintergrund der Moldau fotografieren.

»Waaahnsinn, oder?«, rief Joanna hingerissen.

Finn verzog das Gesicht. »Was?«, fragte er.

»Oh Mann, du hast echt keine Ahnung!«, fauchte Joanna ihn an. »Das ist voll romantisch!«

Finns Blick wandte sich von dem Hochzeitspaar ab und blieb einige Meter weiter an einem Typen haften. Er bewegte eine Marionette, die zu den Klängen aus einem Gettoblaster Geige spielte. Er musste grinsen, denn die Puppe trug genau so einen Frack wie der Bräutigam, den Joanna noch immer anhimmelte. Noch lustiger aber war die zweite Marionette. Die trug ein Hochzeitskleid. Die Puppe stellte aber keine Frau dar, sondern ein rosafarbenes Schwein. Miss Piggy im Brautkleid sozusagen. Finn gefiel das.

Erneut ein freudiges Aufquieken. Erst dachte Finn, Miss Piggy hätte das Geräusch verursacht, doch dann begriff er, dass es Joanna gewesen war.

»Da!«, rief sie. Ihre Stimme überschlug sich fast.

Finn folgte ihrem Blick. Um die Ecke rollte eine offene schwarz-goldene Hochzeitskutsche heran, gezogen von zwei festlich geschmückten Schimmeln. Sofort zog Joanna ihr Smartphone aus der Tasche, um sich in die Hundertschar Touristen einzureihen, die ebenfalls fotografierten.

»Oh Mann!«, stöhnte Finn. Er fand nichts langweiliger als Hochzeitspaare, obwohl er zugeben musste, dass die Kutsche nicht schlecht war. Man hätte sie gut nutzen können, um einen Musketier- oder Robin-Hood-Film zu drehen. Trotzdem wandte er sich ab – und stutzte.

»Da ist noch ein Hochzeitspaar!«, stellte er verblüfft fest und tippte seiner Schwester auf den Rücken. Die drehte sich kurz um – und stutzte ebenfalls. Tatsächlich stand an der gegenüberliegenden Brüstung der Brücke ebenfalls ein Brautpaar. Und wäre die Braut nicht im Gegensatz zu der ersten blond gewesen, hätte man sie kaum unterscheiden können. In Finns Augen trug sie das gleiche Hochzeitskleid, der Mann einen ebensolchen Frack und Zylinder. Finn vermutete schon einen Kostümverleih in der Nähe, der gerade ein gutes Geschäft machte.

»Eine Doppelhochzeit!«, seufzte Joanna. »Wie romantisch!«

Finns Blick ging in den Himmel.

»Ich geh schon mal vor!«, verkündete er und marschierte los.

Aber nur wenige Meter später traf er auf ein drittes Hochzeitspaar.

»Ich glaub's nicht!«, sagte er und schaute fragend zu seinen Eltern. Seine Mutter war bei Joanna geblieben und beobachtete mit ihr, wie das erste Paar unter Blitzlichtgewitter wie ein Promipärchen in die Kutsche stieg. Papa zuckte auch nur mit den Schultern und erklärte Finn, dass die Karlsbrücke eben ein beliebter Ort für den Fototermin von Brautpaaren war. Finn ahnte, weshalb seine Schwester so heiß darauf gewesen war, hierherzukommen. Sie hatte das bestimmt gewusst. Es war ein Fehler gewesen, die Seiten im Reiseführer zu überspringen.

Da Joanna und Mama mit dem Fotografieren immer noch nicht fertig und offenbar gewillt waren, mit dem zweiten Paar auf die nächste Kutsche zu warten, widmete Finn sich wieder dem Marionettenspieler mit Miss Piggy. Die Puppe im Frack hatte jetzt eine Geige in den Händen und spielte für seine Braut.

Finn hatte sich noch nie ein Marionettentheater angesehen. Aber dieser Geigenspieler und seine Schweinchen-Braut gefielen ihm. Der Puppenspieler hatte Finns Aufmerksamkeit sofort wahrgenommen. Die Puppe wandte sich Finn zu und schob mit seinem hölzernen Fuß den Hut, der vor ihm stand, ein wenig in seine Richtung. Finn grinste den Puppenspieler an, doch der tat so, als führe seine Puppe ein Eigenleben und als ob er mit der ganzen Angelegenheit nichts zu tun hätte.

Wieder stupste die Marionette den Hut ein paar Zentimeter weiter Richtung Finn und machte eine tiefe Verbeugung.

»Wie viel Kronen sind fünfzig Cent?«, fragte Finn seinen Vater.

Die Antwort kam von Joanna, die sich mit Mama unbemerkt wieder zu ihnen gesellt hatte.

»Wenn du jedem Künstler hier einen halben Euro schenkst, bist du in der Mitte der Brücke pleite!«, prophezeite sie lachend.

Aber das hatte Finn nicht vor. Nur dem Geiger wollte er etwas geben. Und jetzt, wo seine Schwester sich darüber lustig machte, erst recht. Die kleine Marionette bedankte sich für die Gabe mit einer tiefen Verbeugung. Mama machte schnell ein Foto von ihnen, was Finn allerdings nicht so gut fand, und dann zogen sie weiter.

»Ich finde das total kitschig, zu Musik aus dem Gettoblaster mit einer Musikerpuppe herumzuhampeln«, fand Joanna.

»Die Puppe kann ja wohl schlecht selbst spielen«, konterte Finn. »So ein Quatsch!«

Aber es war ihm schon klar: Joanna meckerte nur über den Puppenspieler, weil Finn die Brautpaare nicht genügend gewürdigt hatte.

»Wenn du Kitsch willst, dann dort«, legte Finn nach und deutete auf einen Zeichner, der in deutscher Sprache »Selbstporträts in fünf Minuten« anpries.

Sofort war Joanna sich mit ihrem Bruder wieder einig. Als Kinder eines Kunstmalers verstanden sie beide genug von Malerei, um sofort zu erkennen, dass die Künstler handwerklich zwar einwandfrei arbeiteten. Aber die Porträts hatten nur wenig mit Kunst zu tun und waren auch nicht mehr als die geforderten – umgerechnet – 15 Euro wert. Schon gar nicht jene, die auch noch Porträts als Karikatur anboten.

»*Die* sind toll!«, rief Joanna plötzlich und zeigte auf einen weiteren Puppenspieler, der ungefähr zehn Meter weiter mit zwei Marionetten gleichzeitig hantierte. Sie lief auf ihn zu, ohne auf Finn zu warten.

Finn schüttelte ungläubig den Kopf. Denn der Puppenspieler bediente eine Marionette, die Trompete spielte. Hatte seine Schwester nicht gerade gesagt, die musizierende Marionette wäre kitschig gewesen? Worin lag denn der Unterschied zwischen einer, die Violine, und einer, die Trompete spielte?

Langsam schlurfte er hinter seiner Schwester her, blieb dann aber wieder kurz stehen, weil er zufällig das Gespräch eines Ehepaares mitbekam. Finn schätzte die Frau auf gut zehn Jahre älter als seine Mutter, also bestimmt schon 45. Ihre welligen, braunen Haare hatte sie mit einer großen Sonnenbrille auf dem Kopf hinter die Ohren gesteckt. Verzweifelt schielte sie immer wieder in ihre offene Handtasche, die über ihre rechte Schulter baumelte, und jammerte: »Das kann doch nicht sein. Das kann doch gar nicht sein!«

Ihr Mann, dessen kurz geschnittener Vollbart genauso grau war wie seine halblangen Haare, hatte die Hände in die Hosentaschen gesteckt und wirkte leicht genervt.

»Wieso lässt du hier auf der Brücke auch deine Handtasche offen?«, fragte er.

»Die war nicht offen!«, versicherte seine Frau. »Das ist es ja. Ich mache sie immer zu, das weißt du doch. Und plötzlich ist sie offen und mein Portemonnaie ist weg!«

Vor Aufregung rutschte ihr die Sonnenbrille vom Kopf und plumpste in die offene Handtasche, während ihr die Haare vors Gesicht fielen.

»Guck noch mal genau!«, forderte der Mann sie auf. »Bestimmt ist es nur in deinem ganzen Gerümpel untergegangen.«

Die Frau legte eine Plastiktüte, die sie außerdem bei sich trug, auf die Brüstung der Brücke und stellte die Handtasche daneben. Mit einer herrischen Bewegung wischte sie sich die Haare aus dem Gesicht und begann, die Tasche erneut systematisch zu durchsuchen. Dabei zischte sie ihren Mann giftig an: »Woher weißt du denn, wie es in meiner Handtasche aussieht? Das Portemonnaie ist mir gestohlen worden, verflucht!«

Finn ging schnell an den beiden vorbei. Er hatte keine Lust, dem Ehekrach weiter zu lauschen. Andererseits war er neugierig, ob die Frau tatsächlich Opfer eines Taschendiebs geworden war? Unwillkürlich griff er an seine Hosentasche, um zu prüfen, ob sein Smartphone noch da war. Er kannte das. In Florenz war er selbst Opfer eines Taschendiebstahls geworden. Da allerdings hatten sie den Dieb schnell erwischt und er hatte sein Smartphone wiederbekommen. Er atmete erleichtert durch, als er das Smartphone in der Tasche spürte.

Beruhigt widmete er sich wieder seiner Schwester. Die war mit dem Puppenspieler mittlerweile ins Gespräch gekommen. Und wie! Sie kicherten fröhlich und für einen Außenstehenden erweckte es den Eindruck, als ob die beiden sich schon länger kannten. Sie lachten wieder, und plötzlich wurde Finn schlagartig klar, was da ablief.

›Oh nein!‹, dachte er. ›Bloß nicht!‹ Denn er wusste, wohin das führen würde: dass sie nun mindestens dreimal täglich zur Karlsbrücke gehen mussten, damit Joanna den Puppenspieler wieder treffen konnte. Joanna würde wie immer Mittel und Wege finden, das durchzusetzen.

Neue Bekanntschaft

»Verdammt!«, fluchte Finn vor sich hin.

Er hatte keine Lust, den gesamten Kurzurlaub in Prag auf dieser prallvollen Brücke zu verbringen, bloß weil seine Schwester sich mal wieder in einen Jungen verguckt hatte. Finn schätzte den Puppenspieler auf vielleicht fünfzehn, maximal sechzehn Jahre. Und er musste zugeben, dass er genau Joannas Typ entsprach: etwas längere, schwarze, lockige Haare, ein freundliches, offenes Lächeln, sportliche Kleidung.

»Wo ist Joanna?«, fragte Finns Vater, der plötzlich hinter ihm stand.

Finn zeigte es ihm und war froh, dass nur sein Vater gefragt hatte. Seine Mutter hätte mit dem ersten Blick erfasst, was sich bei Joanna gerade abspielte. Papa hingegen erkannte so etwas nicht und nickte nur zufrieden.

»Mama steht noch dahinten beim Schmuckstand«, erklärte er mit einem leichten Seufzer in der Stimme. »Ihr könnt gern schon vorangehen. Wir treffen uns dann am Ende der Brücke. So braucht nicht ständig jeder auf den anderen zu achten, okay?«

»Okay!«, stimmte Finn zu.

Papa nickte noch mal zufrieden und schlenderte weiter. ›Für ihn muss diese Brücke besonders langweilig sein‹, dachte Finn. Die Kunst, die hier angeboten wurde, entsprach ganz und gar nicht der, für die sein Vater sich interessierte. Schmuck war ihm auch egal. Und mehr als hin und wieder ein kleines Schmunzeln konnten ihm die zahlreichen Marionettenspieler auch nicht abgewinnen. Finn wusste, dass Papa am liebsten sofort zum nahe gelegenen Kafka-Museum gelaufen wäre und sich dort den Rest des Tages aufgehalten hätte. Doch geduldig ließ er der Familie die Zeit, sich auf der Brücke umzuschauen.

Finn wollte gerade zu Joanna gehen, um sie über den Treffpunkt am Ende der Brücke zu informieren. Da fiel ihm das Ehepaar nochmals ins Auge. Oder besser ins Ohr.

»Da!«, schrie die Frau auf.

Finn dachte im ersten Moment, sie hätte den Dieb entdeckt. Stattdessen stöckelte sie einige Meter auf ihren hohen Absätzen in Finns Richtung, bückte sich und hob ihr Portemonnaie auf.

»Oh Mann!«, meckerte ihr Begleiter. »Wie kann man denn sein Portemonnaie verlieren!«

Die Frau öffnete ihre Geldbörse, schaute nach, ob noch alles da war, und antwortete dann: »Ich hab es nicht verloren. Hier, das gesamte Bargeld ist weg. Der Rest ist noch da!«

»Klarer Fall!«, behauptete ihr Mann. »Jemand hat das Portemonnaie liegen sehen, das Geld rausgenommen und ist weitergegangen!«

Energisch widersprach ihm seine Frau: »Jemand hat es mir gestohlen, das Bargeld rausgefischt und es dann weggeworfen. Na, wenigstens sind Kreditkarte und Papiere noch da!«

»Wie viel war es denn?«, fragte der Mann. Er ließ sich auf keine weitere Diskussion ein, aber ihm war anzumerken, dass er seiner

Frau nicht glaubte. Finn kannte das von seinen Eltern. Wenn die sich stritten, wusste man auch immer, wer wem glaubte oder eben auch nicht.

»Umgerechnet etwa 150 Euro«, sagte die Frau, steckte ihr Portemonnaie in die Handtasche zurück und zog den Reißverschluss zu. Trotzdem mahnte ihr Mann: »Lass sie nicht wieder offen!«

Die Frau presste ärgerlich die Lippen zusammen, ließ ihren Mann stehen und ging im schnellen Schritt weiter. Der Mann zog verständnislos die Schultern hoch und schlenderte hinter ihr her.

Finn sah ihnen einen Moment hinterher. Dann wollte er sich gerade abwenden, um zu Joanna zu gehen, als er die kleine Plastiktüte auf der Brüstung entdeckte. Das Paar hatte sie in all der Aufregung dort liegen gelassen!

Finn überlegte einen Moment, dann hatte er sich entschieden. Er sah sich um. Weit konnte das Paar ja noch nicht gegangen sein! Er nahm die Tüte an sich und schaute hinein. Eine kleine Marionette lag darin, noch halb in Seidenpapier eingewickelt, die ein seltsames Männchen darstellte. ›Ein Zwerg!‹, vermutete Finn. Die Sache war klar: Die Frau hatte sich die Puppe als Souvenir gekauft. Ohne eine weitere Minute nachzudenken, lief er dem Ehepaar hinterher. Nach wenigen Schritten würde er sie eingeholt haben. Er schlängelte sich durch die Touristenmenge, vorbei an weiteren Puppenspielern, Schmuckhändlern und Porträtmalern – und blieb plötzlich stehen.

Er war jetzt schon gut fünfzig Meter gelaufen und er hätte das Paar längst eingeholt haben müssen. So schnell waren die beiden doch nicht, dass sie noch weiter vorne sein konnten? Nein, unmöglich. Finn versuchte es dennoch. Er lief weiter in die vermutete Richtung. Noch zehn, zwanzig, dreißig Meter.

Dann gab er erneut auf, drehte sich um sich selbst, sprang ein paarmal in die Höhe, um das Paar vielleicht über den Köpfen der

Touristen zu entdecken. Doch es war nichts von der Frau oder ihrem Mann zu sehen. Finn schaute zurück. Sollte er in die falsche Richtung gelaufen sein? Er konnte es sich nicht vorstellen. Dann hätten die beiden doch an ihm vorbeikommen müssen. Aber es war die einzige Erklärung. Also noch mal zurück. Finn rannte los, drosselte sein Tempo aber sofort wieder, weil er befürchtete, das Paar vielleicht ein zweites Mal zu übersehen, wenn er zu schnell lief. Also zügelte er sich, ohne zu langsam zu werden. Gleich müsste er auf das Pärchen treffen. Ganz sicher …

»Hallo Finn! Das ist Ondra!«

Finn wurde aus seinen Gedanken gerissen und schaute in die Richtung, aus der die Stimme gekommen war. Seine Schwester winkte ihm zu.

»Hier!«, rief sie und zeigte auf den Puppenspieler neben sich. »Eigentlich heißt er Ondřei. Aber in Tschechien kürzt man die meisten Namen ab.« Dann wendete sie sich an Ondra. »Das ist mein kleiner Bruder Finn!«

›Das *kleiner* hätte sie sich nun wirklich sparen können‹, dachte Finn missmutig. Noch einmal reckte er den Hals, um nach dem Ehepaar Ausschau zu halten.

»Ja!«, antwortete er abwesend. »Sieht man ihr gar nicht an, dass sie die Ältere ist!«

Joanna strafte ihn mit einem bösen Blick. Ondra grinste. Und Finn stöhnte innerlich auf. Auch das noch: Ondra verstand Deutsch!

»Schau nur, sind die nicht witzig?«, fragte Joanna und zeigte auf die Marionetten, die rings um Ondra aufgebaut waren. Der rund 35 Zentimeter große, dunkelhäutige Jazztrompeter mit übertrieben dick aufgeblasenen Backen, den er gerade bespielte, trug einen dunkelgrauen Anzug, dazu passende schwarze, glänzende Schuhe und ein weißes Hemd mit schwarzer Fliege.

»Das ist Armstrong!«, erklärte Ondra.

»Der erste Mann auf dem Mond?«, wunderte sich Finn. »Ich wusste gar nicht, dass der auch Trompete gespielt hat.«

Ondra lachte.

»*Louis* Armstrong, nicht *Neil*!«, berichtigte er. »Ein weltberühmter Jazzmusiker! Leider schon tot über vierzig Jahre!«

Jetzt blies Finn die Backen auf, ähnlich wie die Marionette. Der Mann war vor über vierzig Jahren gestorben und den sollte man kennen!

»Liegt er jetzt in einer Pyramide?«, fragte er spitz.

Ondra ließ sich seine gute Laune nicht verderben und stellte ihnen die weiteren Musiker vor, die an spezielle Ständer gelehnt auf ihren Einsatz warteten. Finn und Joanna kannten sie alle nicht: ein Schlagzeuger, ein Saxofonist und ein Gitarrist.

»Ich hab auch eine Marionette! Einen Zwerg!« Finn zog die Figur aus der Tüte.

»Das ist kein Zwerg nicht«, erklärte Ondra. »Sondern ist Vodnik, ein Wassergeist. Manche auch sagen: Hastrmann oder Wassermann. Meist er ist kleines, grünes, hässliches Männchen. Grüne Haare, Augen er hat ein bisschen wie ein Frosch. Und sein … äh … Rockzipfel ist nass. Er ärgert die Menschen. Oder zieht sie ins Wasser. Manchmal auch er kann verwandeln sich. Er sammelt die Seelen der Menschen und bewahrt sie in dicken Bechern auf unter Wasser. Brrrrr!«

Ondra verzog das Gesicht zu einem grimmigen Grinsen, als wollte er ein kleines Kind erschrecken.

»Wo hast du den denn her?«, fragte Joanna lachend ihren Bruder. »Du hast dir doch nicht etwa eine Märchenfigur gekauft?«

Finn erzählte von dem Ehepaar.

»Und jetzt?«, wollte Joanna wissen.

Finn zog die Schultern hoch. »Vielleicht sehe ich das Ehepaar nachher noch mal hier auf der Brücke. Sonst bringe ich sie zum Fundbüro.«

»Oder lasse ihn bei mir«, bot Ondra an. »Die meisten Touristen kommen über diese Brücke fast täglich. Vielleicht sie entdecken ihre Puppe, wenn ich sie stelle zu den anderen.«

Finn lehnte Ondras Angebot dankend ab, denn er glaubte nicht, dass das Ehepaar die eigene Puppe im Ensemble von anderen Marionetten erkennen würde. Da zog er das Fundbüro vor. Außerdem sprang so für ihn vielleicht noch eine kleine Belohnung heraus, aber diesen Gedanken behielt er für sich.

Ondras Augenlider zuckten nervös. Finn hatte den Eindruck, dass der Puppenspieler mit seiner Antwort überhaupt nicht zufrieden war. Doch er ging nicht weiter darauf ein und erzählte einfach weiter von seiner Arbeit. Hinter den Marionetten waren alle Instrumente aufgebaut, die die Puppen »spielten«, mit Ausnahme des Schlagzeugs. Der Rhythmus wurde von einer kleinen, elektronischen Maschine erzeugt. Ondra zeigte auf seinen Partner, der die echten Instrumente spielte. »Das ist *mein* kleiner Bruder«, stellte er den Jungen vor. »Vojta. Eigentlich Vojtěch.«

Joanna warf ihm hingerissen ein süßes, aber auch leicht verwundertes Lächeln zu. Denn nicht nur in der Größe unterschieden sie sich. Vojta war gut einen Kopf kleiner als Ondra und auch deutlich untersetzter. Während Ondras pechschwarze, lockige Haare wild und ungekämmt in seinem Gesicht hingen und ihm das Flair eines Künstlers verliehen, glichen Vojtas akkurat kurz geschnittene, blonde und mit feucht glänzendem Gel streng nach hinten gestylte Haare eher der Frisur eines Anwalts. Und wo sich bei Ondra schon ein verwegener, dunkler Dreitagebart abzeichnete, hatte Vojta rötlich gefärbte Wangen, glatt wie ein Babypopo.

Finn bewegte nur leicht den Kopf zur Begrüßung.

Ondra bemerkte Joannas Blick und erklärte: »Wir haben verschiedene Väter. Also nur halbe Bruder, oder wie heißt das?«

»Ja, Halbbruder«, bestätigte Joanna.

»Aber wir sind wie Doppelbruder!«, stellte Ondra klar.

Joanna zeigte ein liebevolles Lächeln, das Finn schon kannte. Sie mochte Ondra. Keine Frage. »Spielt doch mal etwas!«, bat sie.

»Ich geh dann schon mal«, murmelte Finn.

Doch Joanna hielt ihn am Ärmel fest. »Was? Wieso? Bleib doch. Die sind doch toll, die Puppen!«

Finn verzog die Mundwinkel. »Ach ja? Eben hast du dich noch lustig über mich gemacht, als ich dem dahinten …«

»Ach der!«, winkte Joanna ab. »Die hier sind doch viel besser!«

›Klar!‹, dachte Finn mürrisch. Seine Schwester hatte die Marionetten noch gar nicht in Aktion gesehen, aber sie waren natürlich besser!

»Die hier haben wenigstens Live-Musik!«, begründete Joanna ihre Ansicht. Und dann erzählte sie Ondra ausführlich, dass sie wegen des Coldplay-Konzerts nach Prag gekommen waren, wie sie die Karten gewonnen hatte und …

Finn hatte jetzt wirklich die Nase voll. Er befreite seinen Arm aus Joannas Umklammerung und zupfte seinen Ärmel glatt. Er würde jetzt gehen!

»Ins Coldplay-Konzert? Wirklich?«, fragte Ondra. »Toll. Da wir gehen auch hin!«

Joannas Miene breitete sich zu einer einzigen Verzückung aus. Finn erschrak. Er traute seiner Schwester zu, dass sie diesem Puppenspieler sofort *seine* Karte anbot! Doch dann beruhigte er sich schnell. Wenn Ondra sagte, er ging zum Konzert, dann besaß er schon eine Karte. Logisch!

»Dass du noch eine Karte bekommen hast!«, staunte Joanna. »Das Konzert ist doch seit Monaten ausverkauft.«

Ondra schüttelte den Kopf. »Wir haben noch keine Karten nicht!«, gestand er.

Finns und Joannas Mienen verdunkelten sich gleichzeitig. Joannas aus Enttäuschung, Finns, weil er befürchtete, dass Joanna nun seine Karte doch noch verschenken würde. Aber zum Glück lagen die ja sicher verwahrt im Hotelzimmer in Mamas Koffer.

»Ja, aber …?«, stotterte Joanna. »Wenn ihr keine Karten habt, wie wollt ihr dann …?«

Ondra schaute mit einem siegesgewissen Lächeln zu seinem Bruder. »Wir haben … wie heißt das? … Connections!«

»Beziehungen«, übersetzte Joanna.

Ondra nickte. »Ja. Kein Problem also. Wir können gehen zusammen.«

Joanna erschrak. Ondra war die doppelte Bedeutung seiner Aussage offenbar nicht bewusst.

»Okay!«, antwortete sie verlegen und errötete leicht. »Wann und wo wollen wir uns denn treffen?«

Ondra zeigte wieder sein süßes Lächeln und fragte: »Kennst du schon Prag?«

Joanna schüttelte den Kopf, senkte ihn, als wäre sie ein kleines schüchternes Mädchen, und blickte fast bettelnd zu Ondra hinauf.

Finns Augen wanderten gen Himmel. »Oh Mann!«, stöhnte er leise.

»Ich kann zeigen es dich … äh … dir«, bot Ondra an.

Joanna nickte eifrig. »Gern.«

»Nein!«, ging Finn jetzt dazwischen. Er hatte endgültig genug.

Joanna schaute ihn an, als ob sie sich erst jetzt wieder erinnerte, dass ihr Bruder ja auch noch existierte.

»Das geht nicht!«, stellte Finn klar. »Mama und Papa warten am Ende der Brücke. Papa will ins Kafka-Museum.«

Ondra winkte ab. »Das ist für alte Leute.«

Joanna pflichtete ihm sofort heftig bei. »Genau. Kafka-Museum! Was sollen wir da?«

Finn wusste keine Antwort. Er hatte selbst keine Lust auf das Museum. Aber alles war besser, als den peinlichen Flirtversuchen seiner älteren Schwester beizuwohnen.

»Wir können machen eine Bootsfahrt über die Vltava«, schlug Ondra vor.

»Über was?«, fragte Finn.

»Äh, Moldau ihr sagt zu unserem Fluss. Wir sagen Vltava«, erklärte Ondra.

Joanna quiekte vor Vergnügen. »Eine Bootsfahrt! Wie cool ist das denn!«

Finn verdrehte erneut die Augen. Aber er musste sich eingestehen, dass das wirklich ein guter Vorschlag war. Er schaute über die Brüstung auf den Fluss hinunter und sah sowohl einige große, touristische Ausflugsboote als auch kleinere Motor- und Tretboote. Egal, für welches sie sich entscheiden würden, eine Bootsfahrt war hundertmal cooler als das Museum eines verstorbenen Dichters, der – soweit Finn wusste – sowieso nie etwas für Kinder geschrieben hatte und ein bisschen irre gewesen sein soll. Was also sollte Finn jetzt noch erwidern?

»Wartet ihr hier?«, fragte Joanna schon die beiden Prager Jugendlichen. »Ich kläre das mit meinen Eltern!«

Sie war mal wieder auf der Siegerstraße. Das war nicht zu übersehen! Finn versuchte noch zaghaft, etwas einzuwenden. Doch er wusste schon, dass es keinen Sinn haben würde. Joanna reckte bereits den Hals und hielt nach den Eltern Ausschau.

»Weißt du, wo sie stecken?«, fragte sie Finn.

Der erklärte nochmals, dass sie sich am Ende der Brücke verabredet hatten, weil genau so eine Suche, wie Joanna sie gerade begann, auf der überfüllten Karlsbrücke aussichtslos war. Doch so lange wollte Joanna natürlich nicht warten.

»Treffen?«, hakte sie nach. »Wann treffen? In einer Viertelstunde? Einer halben?«

Finn zog die Schultern hoch. »Wenn alle da sind, sind alle da!«

Joanna tippte sich an die Stirn. »Ich glaube, es hackt! Pass auf, sag du Mama und Papa, dass ich nachher ins Hotel komme, okay?«

»Niemals!«, wehrte sich Finn. »Du spinnst wohl! Sag es ihnen doch selbst. Du kannst ja anrufen!«

Er wusste so gut wie seine Schwester, was für einen höllischen Ärger es geben würde, wenn Joanna jetzt ohne Absprache mit den Eltern mit zwei ihnen unbekannten, halb erwachsenen Jungen durch eine fremde Stadt ziehen würde. Um nichts auf der Welt würde Finn diese Standpauke auf sich nehmen! Und vor allem: Wenn schon, dann wollte er bei der Bootsfahrt dabei sein.

Joanna zog die Augenbrauen hoch. »Ach ja? Okay! Ich rufe kurz an.« Sie ging ein paar Schritte beiseite und wählte die Nummer.

Finn war zufrieden. Trotzdem blieb er skeptisch. Das kannte er nicht, dass seine Schwester so schnell nachgab. Die führte etwas im Schilde. Aber er kam nicht drauf, was sie plante.

Einige Touristen blieben bei ihnen stehen. Sie hatten alle Marionetten von Ondra fotografiert und warteten nun, dass endlich eine Vorführung begann. Ihre Camcorder hatten sie im Anschlag, bereit, jeden Moment loszufilmen. Nur ein Mann schien gar nicht auf die Marionetten, sondern mehr auf Finn zu achten. Als Finn dessen Blick bemerkte, schaute der Mann schnell woandershin.

Unter Beobachtung

»Hier!« Joanna hielt ihrem Bruder das Handy vors Ohr. »Besetzt!«

Finn hörte es tuten. Joanna schlug vor, schon mal in Richtung Bootssteg aufzubrechen. Denn bestimmt würden ihre Eltern gleich zurückrufen oder vielleicht trafen sie sie ja auch auf dem Weg. Die anderen waren mit ihrem Vorschlag einverstanden. Auch Finn. Zur Enttäuschung der mittlerweile auf rund zwanzig Touristen angewachsenen Gruppe, die auf eine Aufführung warteten, packten Ondra und Vojta ihre Sachen zusammen, als Finn plötzlich seinen Vater entdeckte. Der winkte ihnen schon von Weitem zu und wirkte sehr aufgeregt.

»Gut, dass ich euch hier finde!«, rief er. »Habt ihr eure Handys nicht klingeln gehört?«

Finn sah auf sein Smartphone und entdeckte einen unbeantworteten Anruf. Er hatte sein Gerät seit dem Restaurant noch auf lautlos gestellt. Und bei Joanna war besetzt gewesen. Finn wusste, weshalb.

»Mama hat sich den Fuß verknackst!«, erzählte Papa. »Ausgerutscht hier auf dem Kopfsteinpflaster.« Er zeigte zurück zum

Anfang der Brücke. »Sie hat sich dort hinten an den Rand gesetzt. Wir müssen sie mit einem Taxi zum Arzt fahren.«

»Was?« Joanna war zusammen mit Finn ihrem Vater entgegengelaufen. Ondra und Vojta packten im Hintergrund weiter ihre Sachen zusammen, was Joanna sehr lieb war. Offenbar wollte sie die beiden ihrem Vater nicht vorstellen.

»Zu einem Arzt?« Sie verzog das Gesicht. »Müssen wir da mit und stundenlang in einem Wartezimmer hocken?«

Auch Finn hatte sich den Nachmittag wahrlich anders vorgestellt. Papa zeigte sofort Verständnis. Er wusste, wie öde das für die Kinder sein würde. Aber was sollte er tun? Er konnte die beiden schlecht allein in einer fremden Stadt herumziehen lassen.

»Ich bin fast vierzehn!«, betonte Joanna.

»Du bist dreizehn!«, korrigierte Papa, worauf Joanna möglichst unmerklich einen Blick nach hinten warf. Sie hoffte, dass Ondra das nicht gehört hatte, damit sie sich später wieder als fünfzehn ausgeben konnte. »Und Finn ist erst elf. Also bitte!«

»Was bitte?«, setzte Joanna nach. »Und Florenz?«

Papa seufzte. Joanna hatte recht. In Florenz war er entführt worden, eine Woche verschwunden gewesen, und Joanna und Finn hatten allein in der Stadt zu ihm gefunden und ihn befreit. Was sollte er dagegen sagen? Er hatte keine Zweifel, dass die beiden sich für ein paar Stunden alleine zurechtfinden würden. Zudem konnte die Wartezeit beim Arzt im Ausland ohne Anmeldung in der Tat einige Zeit beanspruchen. Was sollten die Kinder die ganze Zeit tun? Im Hotel einsperren kam auch nicht infrage.

Joanna und Finn konnten die Gedanken ihres Vaters regelrecht von dessen Gesicht ablesen. Bei ihrer Mutter hätte diese Diskussion keinerlei Aussicht auf Erfolg gehabt. Das war nicht nur Joanna und Finn klar. Auch Papa wusste das.

»Mama reißt mir den Kopf ab. Das wisst ihr!«, klagte er.

Joanna und Finn schwiegen. Joanna hob nur kurz eine Augenbraue, was so viel hieß wie: »Klar wissen wir das. Aber damit musst du schon selbst zurechtkommen.«

»Hört zu!«, begann Papa.

Die Gesichter der Kinder hellten sich auf. Nun würde ein Kompromissvorschlag folgen, der – wie immer – zu ihren Gunsten ausgehen würde.

»Rennt nicht allein durch die Stadt. Setzt euch ins nächste Café, bestellt euch ein Eis und …«, begann Papa.

»Ein Eis?«, unterbrach Joanna ihn. »Wir sind noch vom Mittag satt bis obenhin!« Sie zeigte mit der Hand an die Unterseite ihres Kinns. »Finn und ich könnten eine Bootsfahrt machen! Dort hinten ist der Anleger. Die Fahrt dauert zwei Stunden und dann liefert uns das Boot wieder genau dort ab. Weglaufen geht ja nicht!«

Papas Gesicht strahlte. »Eine wunderbare Idee!«, lobte er, pulte sein Portemonnaie aus der Hosentasche und reichte jedem der beiden einen 500-Kronen-Schein. »Für jeden rund 20 Euro. Das dürfte doch reichen, oder?«

Joanna nickte. »Prima! Danke!« Sie sprang auf ihn zu, umarmte ihn und schmatzte ihm einen Kuss auf die Wange. »Und wünsch Mama gute Besserung!«

»Ja, von mir auch!«, pflichtete Finn ihr bei. »Ach, kannst du das mitnehmen?«

Er reichte seinem Vater die Plastiktüte mit der Puppe. Papa nickte, nahm die Tüte, ohne reinzuschauen, drehte sich um und eilte erleichtert zurück zu Mama. Joanna und Finn sahen ihm noch nach, bis er im Gewühl verschwunden war.

»Na, wie hab ich das gedeichselt, Bruderherz?«, fragte Joanna.

»Wie immer perfekt!«, gab Finn zu. »Auf zur Bootsfahrt!«

Bootsfahrt

Das war nach Finns Geschmack! Er hatte einen grandiosen Platz auf dem Ausflugsschiff ergattert, am Heck auf einer Holzbank, von der aus er sowohl nach hinten als auch zur Seite übers Wasser schauen konnte. Finn hing halb über der Reling, genoss ein paar kleine Wasserspritzer, die in seinem Gesicht landeten, und ließ die Sehenswürdigkeiten der Goldenen Stadt an sich vorbeiziehen. Joanna saß eine Bank vor ihm, neben ihr Ondra. Vojta hatte sich neben Finn gesetzt. Die beiden hatten zuvor ihre Sachen in einem nahe gelegenen Verschlag untergestellt, den sie sich mit anderen Musikern und Puppenspielern teilten.

Finn schaute zurück auf die Karlsbrücke, die sich immer mehr entfernte. Zur rechten Seite in Fahrtrichtung erhoben sich hoch über den Dächern vieler Büro- oder Verwaltungsgebäude und den Kuppeln einiger wunderschöner Kirchen mächtig und imposant die Türme der Prager Burg.

»Der Bau der Prager Burg begann Ende des 9. Jahrhunderts!«, quäkte eine Stimme aus den Bordlautsprechern. »Und ist heute ein nationales Kulturdenkmal.«

›Wow! Eine echte Burg!‹, dachte Finn. »Mach doch mal ein Foto von uns!«, bat er Vojta und reichte ihm sein Smartphone.

Wortlos nahm Vojta es entgegen und ging ein paar Schritte weiter, um Joanna und Ondra und dahinter Finn voll aufs Bild zu bekommen. Auf einer Nebenbank bückte sich ein Mann weg, um seine Schuhe zuzubinden. Dadurch konnte Vojta ein noch schöneres Bild machen, weil er mehr Hintergrund draufbekam. Alle drei lachten und winkten in die Kamera.

»Hast du die Karlsbrücke mit drauf?«, fragte Finn.

»Ja, ja!«, rief Vojta und machte gleich drei Bilder. Er gab Finn die Kamera zurück.

»*Über die Jahrhunderte wurde die Burg immer wieder zerstört, abgerissen, neu aufgebaut, verändert und erweitert*«, fuhr die Stimme aus dem Lautsprecher fort. »*Zu dem Komplex gehören Paläste, Kirchen, Verwaltungsgebäude, Wohngebäude und Wehranlagen aus allen architektonischen Epochen. Es gibt Labyrinthe, Königsgräber und Schätze der ehemaligen Königreiche.*«

»Wow!«, rief Finn. »Habt ihr das gehört? Labyrinthe und Schätze! Da müssen wir unbedingt mal hin, Joanna.«

Vojta lachte. »Es ist nicht möglich, zu sehen die Schätze.«

»*Die Burg umfasst eine Fläche von sieben Hektar*«, sagte die Lautsprecherstimme.

Finn hatte keine Vorstellung davon, wie groß das war.

»Ein Hektar ist 10.000 Meter Quadrat. Ein Fotbal-Platz hat etwa 7000 Meter Quadrat«, erklärte Ondra. »Also das Burggelände ist genug groß für ungefähr zehn Fotbol-Plätze!«

Joanna schaute ihn bewundernd an. »Woher weißt du das?«

Ondra lachte und hob den Zeigefinger. »Hör zu!«

In dem Moment sagte die Lautsprecherstimme: »*Die Burg umfasst eine Größe von etwa sieben Hektar, das sind ungefähr zehn Fußballplätze.*«

Joanna grölte los vor Lachen. »Du kennst das auswendig?«

Ondra zuckte lachend mit den Schultern. »So ist das, wenn man wohnt in eine berühmte Stadt für Touristen.« Er setzte eine wichtige Miene auf und verkündete: »Einst die Burg diente als Residenz für Fürsten und Könige von Böhmen. Sie wurde zum Sitz des Staatspräsidenten, als man gegründet hat die Republik im Jahre 1918.«

Kaum hatte er zu Ende gesprochen, ertönte der gleiche Inhalt aus den Lautsprechern.

»Und was kommt als Nächstes?«, fragte Finn. Ihm gefiel die Bootsfahrt immer besser. Labyrinthe, Burgen, Schätze. Was wollte man mehr?

»Da vorn!« Ondra zeigte zu einer riesigen Kuppel, die vom Schiff aus links von der Burg aus dem Stadtbild herausragte. »Der Veitsdom!«

Finn verzog das Gesicht. Eine Kirche! Wie langweilig.

»Wart's ab!«, sagte Ondra. »Der Dom gehört zum Gebiet der Burg. Im Veitsdom wurden gekrönt sehr viele Könige und Kaiser.«

»Na und?«

»Sie wurden auch beerdigt dort. Es gibt ein Mausoleum. In ihm liegen zwei Kaiser. Und es gibt Krypta, in welche liegen ein paar Könige. Vergiss im Vergleich die Pyramide!«

Ondra grinste Finn an. Der war sichtlich beeindruckt. Tote Kaiser passten gut zu Verliesen, Burgen und Labyrinthen. Jetzt fehlte wirklich nur noch ein echtes Piratenschiff. Aber das gab es leider dann doch nicht.

Deshalb stellte er sich einfach vor, er würde nicht mit einem modernen Touristendampfer über die Moldau schippern, sondern mit einem alten knarrenden Piratenschiff nach Prag kommen, um Proviant für die bevorstehende große Fahrt einzuladen. Am besten mit genau so einem Piratenschiff, wie er es als Modell zu Hause hatte. Das würde auch viel besser zu den historischen Gebäuden passen!

›Wie damals wohl die Ufer und die Straßen ausgesehen und was die Seeleute an Lebensmitteln eingelagert haben?‹, fragte er sich gerade, als Joanna ihm zurief: »Auch ein Eis, Finn?«

Finn ließ sich aus seinen Gedanken reißen und schaute sich um. Er hatte nicht mitbekommen, dass man an Bord Eis kaufen konnte. »Wo?«

»Da!« Ondra zeigte auf ein Café am Ufer.

Finn setzte sich aufrecht. »Hä? Wie? Ihr wollt vom Schiff runtergehen?«

Joanna und Ondra nickten.

»Aber …!«

»Ich will sooo einen dicken Eisbecher!«

Joanna zeigte mit den Händen, wie groß er sein sollte, und erklärte ihrem Bruder, was sie gerade von Ondra erfahren hatte: Das Boot machte einen kurzen Stopp am Ufer der Kampa-Insel, die nur von einem künstlich angelegten Fluss – dem Teufelsbach – vom Festland getrennt war. Eine kleine romantische Oase, schwärmte Joanna ihrem Bruder vor. So schön, dass Kampa schon mal als zweitschönste Stadtinsel der Welt ausgezeichnet wurde. Gleich nach der Ile St. Louis in Paris. Von Kampa aus hätten sie auch noch mal einen fantastischen Blick auf die Sehenswürdigkeiten der Stadt: die Prager Burg, den Veitsdom, die Karlsbrücke und zur anderen Seite aufs Nationaltheater.

»Am Kampa-Museum wir können essen das Eis«, sagte Ondra. »Und anschließend gehen wir hinauf zur John-Lennon-Mauer. Die liegt auf dem Weg, wenn wir zurückkehren zu die Karlsbrücke. Dort ihr könnte wiedertreffen eure Mama und Papa.«

»Ist doch perfekt!«, fand Joanna.

Finn war weniger begeistert. Er fand es blöd, jetzt schon wieder auszusteigen, um zu Fuß zurück zur Brücke zu laufen. Und außerdem sah das Café am Museum nicht gerade billig aus.

»Wir haben Geld!«, versicherte Vojta, griff in seine Hosentasche und zeigte ein Bündel Geldscheine. »War ein guter Tag heute.«

»Los komm, hab dich nicht so!«, forderte Joanna ihren Bruder auf. »Wir werden eingeladen!«

Was sollte Finn machen? Er konnte schließlich nicht allein auf dem Schiff bleiben. Aber irgendwie passte ihm dieser ganze Ausflug nicht. Viel lieber wäre er gemeinsam mit seinen Eltern und Joanna durch Prag geschlendert, als hier als Anhängsel Joanna und ihrer Flirt-Eroberung hinterherzudackeln. Außerdem: Hatte Joanna nicht ihrem Vater gegenüber behauptet, sie wäre pappsatt?

Manchmal war es echt ein Graus, der kleine Bruder einer großen Schwester zu sein. Widerwillig stieg er mit den anderen aus und sah wehmütig dem wieder abfahrenden Schiff hinterher. Auch der Mann, der hinter Finn gesessen hatte, ging von Bord. Finn schenkte ihm aber keine weitere Beachtung.

»Komm jetzt!«, rief Joanna.

Finn wandte den Blick vom Schiff ab und folgte den anderen drei in das Terrassencafé, das für seinen Geschmack erheblich zu fein war. Joanna aber genoss es sichtlich, in so ein schickes Restaurant eingeladen zu werden. Zwar war das Eis nicht so gut wie in ihrer Stamm-Eisdiele in Florenz, aber dafür entschädigte der Ausblick übers Wasser und auf die Sehenswürdigkeiten der Goldenen Stadt für alles.

Finn war da ganz anderer Meinung. Vom Schiff aus hatte man einen viel besseren Blick. Vor allem machte es erheblich mehr Spaß, auf einem Dampfer zu fahren, als hier in so einem Schicki-micki-Café herumzusitzen. Und der Eisbecher war auch mickrig. Entsprechend mies gelaunt stocherte Finn in seinem Becher herum, hatte das Mini-Eis in Sekundenschnelle verdrückt und drängelte: »Wollen wir weiter?«

Jetzt verzog Joanna das Gesicht.

»Komm, mach mal ein Foto von uns!«, bat Ondra. Zärtlich legte er seinen Arm um Joanna, die sich das gern gefallen ließ.

»Och menno!«, nörgelte Finn. Er brauchte keine Beschäftigung wie ein Kleinkind im Kindergarten, das man aufforderte, etwas zu malen, wenn ihm langweilig war. Trotzdem nahm er sein Smartphone und knipste ein paar Bilder in der Hoffnung, dass sie dann bald weitergehen würden.

Vojta schaute auf seine Armbanduhr. »Finn hat recht! Auch wir haben eine Verabredung!«

Sofort legte sich eine große Enttäuschung in Joannas Blick. »Wirklich? Ihr müsst los?«

Ondra nickte. Finn kam das komisch vor. Aber er sagte nichts. Hauptsache, sie kamen von hier fort.

»Ich zeige euch noch die kürzeste Straße von Prag!«, versprach Ondra, während Vojta bereits dem Kellner winkte und die Rechnung verlangte.

»Die ulice Jiřího Červeného, 27 Meter lang«, erklärte Ondra.

Der Kellner brachte die Rechnung. Vojta reichte ihm einen Schein und gab mit einer Geste zu verstehen, dass der Rest Trinkgeld war. Finn wusste nicht, wie hoch die Rechnung war. Er bekam aber mit, dass Vojta dem Kellner zwei 500-Kronen-Scheine gab, rund 40 Euro also, doppelt so viel, wie er und Joanna zusammen von ihrem Vater für den Nachmittag bekommen hatten.

Joanna bedankte sich höflich. Finn schloss sich dem Dank an und folgte Vojta, der sofort aufgestanden war und sich zum vorderen Ausgang aufmachte. Plötzlich hatten die beiden es auffällig eilig. Finn schaute noch mal nach, ob sie auch nichts liegen gelassen hatten, und fasste zur Kontrolle an seine Hosentasche. Das Smartphone war noch da. Alles in Ordnung.

Da fiel sein Blick auf die Plätze vier Tische weiter. Da saß ja das Ehepaar, das sich wegen des verlorenen Portemonnaies gestritten hatte! Finn hatte mit dem Rücken zu den beiden gesessen und sie deshalb nicht gesehen. Der Kellner brachte ihnen die Speisekarte. Demnach waren sie wohl gerade erst gekommen. Finn ärgerte sich, dass er seinem Vater die Tüte gegeben hatte. Aber wie hätte er ahnen sollen, die beiden hier wieder zu treffen?

»Finn, wo bleibst du denn?« Joanna, die mit den beiden anderen schon in der Tür stand, winkte ihn zu sich.

»Moment!«, rief Finn ihr zu. Er eilte zum Tisch des Ehepaares, um ihnen mitzuteilen, dass er ihre Marionette gefunden hatte. Die Reaktion fiel allerdings gänzlich anders aus, als Finn es sich vorgestellt hatte. Perplex starrten die beiden Finn an. Der Mann schien sehr verärgert zu sein, während seine Frau etwas verlegen wirkte, als hätte man sie soeben bei etwas Verbotenem erwischt. Sprachen die beiden etwa kein Deutsch? Aber Finn hatte sie ja streiten gehört. Sie waren ohne Zweifel ein deutsches Ehepaar.

»Unsere Marionette!«, sagte der Mann. »Du hast sie also. Sehr interessant! Wo ist sie denn jetzt, diese Puppe?«

Finn wunderte sich über die merkwürdige Frage. Der Mann tat ja beinahe so, als ob Finn sie gestohlen hätte. Er erklärte, dass er sie seinem Vater gegeben hatte, der sie mit ins Hotel nehmen würde. Aber am nächsten Tag könne man sich ja treffen.

»Ach, vielleicht holen wir sie schon heute Abend ab«, schlug der Mann vor. »Wie ist denn die Adresse eures Hotels?«

Finn suchte nach einer Möglichkeit, es aufzuschreiben, aber er hatte kein Papier dabei und die Servietten waren aus Stoff.

»Wir können es uns auch so merken«, versicherte der Mann, während die Frau weiterhin schwieg.

Finn nannte den Namen des Hotels. Bei der Adresse musste er allerdings passen. Er hatte sich den Straßennamen nicht gemerkt. ›Meine Güte!‹, dachte er bei sich. ›Ich weiß nicht mal, wo ich wohne.‹

»Wir werden es finden«, behauptete der Mann.

Der Blick der Frau rutschte zurück in die Speisekarte. Der Mann hingegen sah ihm fest in die Augen, als ob er noch eine weitere Erklärung von Finn erwartete. Finn blieb noch einen Augenblick verdutzt stehen. Für seinen Geschmack war der Dank ein wenig spärlich ausgefallen. Genau genommen hatten sie sich überhaupt nicht bedankt. Okay, Finderlohn gab es vielleicht erst bei der Übergabe, obwohl die eisige Stimmung die Hoffnung darauf schnell schwinden ließ.

»Finn!«, rief Joanna erneut.

Finn verabschiedete sich, dann lief er zu den anderen und folgte ihnen hinaus auf die Straße. Er bemerkte wiederum nicht, dass der seltsame Mann von der Brücke und dem Boot ebenfalls im Restaurant gesessen hatte, nur einen Tisch weiter. Diesmal folgte er Finn allerdings nicht, sondern telefonierte mit seinem Handy.

Panik!

Durch das vorzeitige Aussteigen und den plötzlichen Aufbruch aus dem Restaurant waren Joanna und Finn viel eher wieder an der Karlsbrücke als geplant. Ihre Eltern waren noch nicht vom Arzt zurück, womit sie auch nicht gerechnet hatten. Die Frage war nur, was sie jetzt mit der verbliebenen Zeit anstellen sollten.

»Wir hätten auf dem Boot bleiben sollen«, maulte Finn.

»Woher hätte ich denn wissen sollen, dass die beiden noch einen Termin haben?«, verteidigte sich Joanna.

Finn kam das nach wie vor seltsam vor. »Wieso haben die dann mit uns überhaupt erst die Fahrt begonnen, wenn sie noch etwas vorhatten?«

»Du meinst, sie hatten von vornherein geplant, früher auszusteigen? Aber wozu?«

Finns Frage war berechtigt. Sie hätten doch gleich sagen können, dass sie keine Zeit für zwei Stunden Bootfahren hatten. Dann wären sie gleich ein Eis essen gegangen und fertig.

»Die müssen zwischenzeitlich ihren Termin einfach vergessen haben. Alles andere ergibt keinen Sinn!«, behauptete Joanna.

Finn tippte sich an die Stirn. »Ja, klar. Vergessen! Vermutlich, weil sie von deiner Schönheit so geblendet waren!«

Joanna streckte ihm die Zunge heraus. »Blödmann! Bestimmt haben sie morgen mehr Zeit.«

»Morgen? Hast du dich etwa mit ihnen verabredet?«

Joanna schüttelte den Kopf. »Nein, aber die haben doch gesagt, dass sie täglich mit ihren Puppen auf der Brücke stehen!«

Finn stöhnte. »Oh Mann, Joanna. Reicht es nicht, wenn du ihn beim Konzert wiedersiehst?«

Joanna verzog das Gesicht. »Schön wär's. Aber du hast selbst gehört, dass sie noch keine Karten haben. Wenn du mich fragst, bekommen sie auch keine mehr. Was sollen das schon für *Connections* sein?«

Finn zog die Schultern hoch. Hauptsache, Joanna kam nicht doch noch auf den Gedanken, seine Karte wegzugeben. Zu Hause hatte er sich noch nicht viel aus dem Konzert gemacht. Aber jetzt, wo er schon mal hier war, wollte er es auch besuchen. Außerdem hatte er bereits allen Freunden davon erzählt. Da wollte er nicht zurückkommen, ohne vom Konzert berichten zu können.

»Meine Karte bekommt er nicht!«, stellte er sicherheitshalber noch mal klar. »Am besten, du gibst mir meine Karte nachher schon mal. Bevor du auf dumme Gedanken kommst!«

»Pffft!«, machte Joanna. »Du kannst sie auch gleich haben, wenn du mir nicht traust.«

Finn zog erstaunt die Augenbrauen hoch. »Du hast sie hier?« Er hatte angenommen, Joanna hätte die Karten sicher im Hotelzimmer verwahrt, vielleicht sogar in dem Schranksafe.

Joanna zog ihre Geldbörse hervor, öffnete das Geldscheinfach, griff hinein und ...

»Hä?«

»Was?«

»Warte mal!« Joanna nestelte nervös an ihrem Geldbeutel herum, schaute ins Kleingeldfach, dann wieder in das Scheinefach, schüttete alles Geld in ihre Hand, betrachtete die nun leere Geldbörse, drehte sie auf den Kopf, schüttelte sie und sah wieder hinein, um schließlich resigniert festzustellen: »Sie sind weg!«

Finn verstand nicht. »Was? Wie? Wer ist weg?«

»DIE KARTEN, MANN!«, brüllte Joanna ihren Bruder an. »Das gibt es doch nicht!«

Finn schaute seine Schwester ungläubig an. »Bist du sicher, dass du die Karten nicht vielleicht doch …«

Er kam gar nicht dazu, seine Vermutung auszusprechen.

»NATÜRLICH BIN ICH SICHER!«, schrie Joanna so laut, dass sich schon erste Passanten nach ihr umsahen. Joanna drosselte etwas ihre Lautstärke und versicherte: »Ich hatte die hier drin! Im Geldscheinfach. Siehst du?« Sie zeigte Finn ihr Portemonnaie, das ein zweigeteiltes Scheinfach besaß. Im vorderen Fach hatten ihre tschechischen Kronen gesteckt, die auch immer noch da waren, im hinteren Fach die zwei Eintrittskarten.

Finn erinnerte sich an den Streit des Ehepaares. Seine Auseinandersetzung mit Joanna nahm ähnliche Züge an.

»Bist du dir sicher?«, hakte er nach.

»Natürlich bin ich mir sicher!«, wiederholte Joanna. »Die Karten wurden mir gestohlen!«

Finn konnte sich nicht vorstellen, dass ein Dieb ein Portemonnaie stahl, gezielt zwei Karten herauszog, das Bargeld drinließ und das Portemonnaie in die Hosentasche zurücksteckte.

»Was glaubst du denn?«, schimpfte Joanna. »Meinst du, ich hab die verloren oder was? Für wie blöd hältst du mich?«

Finn sagte lieber nichts. Seine Schwester war auf hundertachtzig, da war es besser, sich nicht auf einen Streit einzulassen. Aber genau das, was Joanna ihm vorwarf, hatte er gedacht. Joanna war bekannt für ihre Schusseligkeit. Schon oft hatte sie Dinge verloren. Aber daran erinnerte er sie jetzt lieber nicht. Dennoch blieb ein Diebstahl, wie Joanna ihn behauptete, höchst unwahrscheinlich.

Vorsichtig traute sich Finn zu fragen: »Ich meine, weshalb hat der Dieb das Bargeld nicht genommen?«

»Weil er den Diebstahl vertuschen will!« Daran hatte Joanna überhaupt keine Zweifel. »Deshalb hat er mir das Portemonnaie auch wieder in die Tasche zurückgesteckt. Ich soll glauben, ich hätte die Karten verloren! Und du fällst darauf herein!«

Bumms, zack, da war es wieder. Mit wenigen Sätzen hatte Joanna es geschafft, von sich abzulenken und Finn einen Vorwurf zu machen, als wäre *er* derjenige, der die Karten verloren hatte.

»Moment mal!«, wehrte er sich. »Jetzt mach mich doch nicht so blöd an. Du hast doch die Karten verloren und …«

»ICH HAB DIE KARTEN NICHT VERLOREN!«, keifte Joanna. »Die wurden mir GESTOHLEN!«

Das letzte Wort rief sie wieder so laut, dass einige Passanten stehen blieben, sich erschrocken nach einem Dieb umsahen und nachschauten, ob sie noch ihre Wertsachen bei sich trugen.

Finn war die Situation mehr als peinlich.

»Oh Mann!«, stöhnte er. »Und jetzt?«

Joanna, die kurz davor gewesen war, laut loszuheulen, fasste sich von einer Sekunde auf die andere und schaute Finn mit einer Mischung aus Unverständnis und Entschlossenheit an. »Ja, was wohl? Wir müssen die Diebe finden und die Karten zurückholen.«

Finn stand mit offenem Mund da. Für einen Moment hatte es ihm die Sprache verschlagen. Dann fragte er nur: »Bist du irre?«

Noch eine Überraschung

Bis ihre Eltern kamen, konnte es noch eine Ewigkeit dauern. Unangemeldet zum Arzt zu gehen, dazu brauchte man Zeit, wusste Joanna. Deshalb schrieb sie ihren Eltern per Smartphone, dass sie und Finn wieder zum Hotel gehen würden.

Finn verzog das Gesicht. Sie hatten noch den ganzen Nachmittag vor sich und hätten so schöne Dinge in Prag machen können, zum Beispiel die zweistündige Bootsfahrt beenden. Stattdessen standen sie vor der Wahl, auf der Karlsbrücke ewig auf ihre Eltern zu warten oder ins Hotel zu gehen, wo aber auch nichts als Langeweile auf sie wartete. Joanna aber bestand darauf, in der Hoffnung, dass die Eltern bald zurückkommen würden und sie die Polizei wegen des Kartendiebstahls verständigen konnten.

»Das ist doch lächerlich!«, kommentierte Finn. »Wie sollen die denn die Diebe finden?«

»Hallo?«, antwortete Joanna schnippisch. »Die Karten sind nummeriert. Auf dem Anschreiben, das den Karten beigelegt war, sind die Nummern registriert. Wenn die also beim Einlass die Karten kontrollieren, dann …«

»Ha!«, lachte Finn auf. »Du glaubst doch nicht im Ernst, dass die Ordner die Nummern von Tausenden Eintrittskarten kontrollieren? Die Karten sind weg. So viel steht mal fest!«

»Das werden wir ja sehen!«, schimpfte Joanna.

Aber Finn hörte schon an ihrem Tonfall, dass sie selbst nicht wirklich daran glaubte. So stiefelten die beiden mit hängenden Köpfen zum Hotel, ließen sich an der Rezeption die Schlüssel geben, fuhren mit dem Fahrstuhl in den vierten Stock und gingen durch den schmalen, dunklen Flur bis fast ans Ende des Ganges zum Zimmer Nummer 416. Joanna schloss die Tür auf, betrat das Zimmer und blieb so abrupt stehen, dass Finn sie fast umgerannt hätte.

»Ach du Scheiße!«, stieß sie fassungslos hervor.

Jetzt erkannte auch Finn, was los war: In ihr Hotelzimmer war eingebrochen worden! Ihre Eltern hatten ein sogenanntes Appartement-Zimmer gebucht, das aus zwei Räumen und sogar einer kleinen Kochnische bestand. So hatten Finn und Joanna zusammen ihr eigenes Zimmer. Im Raum ihrer Eltern, in dem sie jetzt standen, hatten die Eindringlinge buchstäblich alles auf den Kopf gestellt. Der große Kleiderschrank war offen. Sämtliche Klamotten ihrer Eltern lagen querbeet verstreut im Zimmer herum. In der Kochnische standen ebenfalls alle Schranktüren offen, einschließlich der vom Kühlschrank! Teller und Gläser waren teilweise herausgeräumt. Nur die Bestecke in der Schublade hatten die Einbrecher nicht angetastet. Ansonsten schienen sie alles bewegt und umgestellt zu haben: den Toaster, die Mikrowelle, die Töpfe … einfach alles. Sogar der Hotelsafe im Kleiderschrank war aufgebrochen worden.

Während Finn stehen blieb und sich das Chaos anschaute, rannte Joanna ins »Kinderzimmer«.

»Hier auch!«, brüllte sie. »Alles zerwühlt!«

»Was können die Einbrecher gesucht haben?«, fragte sich Finn.

»Was wohl?« Joanna schaute aus dem Kinderzimmer heraus. »Wertsachen natürlich!«

Finn schüttelte den Kopf. »Schau mal!«

Der E-Book-Reader seiner Mutter lag unversehrt auf dem kleinen Nachtschränkchen. Ebenso stand das kleine Netbook ihres Vaters genau dort auf dem Schreibtisch, wo er am Morgen noch den Wetterbericht nachgeschaut hatte.

»Stimmt!« Joanna stutzte. Ihr Smartphone trug sie immer bei sich. Und die guten Kopfhörer, die sie zum letzten Geburtstag bekommen hatte, lagen auch noch da. Bargeld hatten sie ohnehin nicht im Hotel liegen gelassen und auch in den Safe hatten sie nichts gelegt. Ein Grund mehr für die Diebe, wenigstens die technischen Geräte mitzunehmen. Joanna schaute im Bad in die Kulturtasche ihrer Mutter. Sie wusste, dass dort ein kleines Schächtelchen mit Ohrringen verstaut war. Einige davon sogar mit echten Diamanten, die ihre Mutter gern trug, wenn sie sich fein machte. Auch die Ohrringe fehlten nicht.

Joanna nickte ihrem Bruder zu. Die Einbrecher waren nicht auf Wertsachen aus gewesen. Worauf aber dann?

»Auf deine Eintrittskarten?«, wagte Finn eine Vermutung.

Doch Joanna winkte ab. »Wer weiß schon, dass ich die hab?« Sie korrigierte sich mit einem finsteren Gesichtsausdruck: »Beziehungsweise hatte! Außerdem: In ein Hotelzimmer einzubrechen wegen zwei Konzertkarten? Das glaube ich nicht!«

»Was denn sonst?«, fragte sich Finn.

Doch darauf wusste auch Joanna keine Antwort. Bis Finn eine Kleinigkeit auffiel: Das Netbook seines Vaters war aufgeklappt. Er wunderte sich darüber, denn sein Vater – so chaotisch er sonst auch sein mochte – war in dieser Frage äußerst pingelig. Wenn er eine Arbeit am Computer beendete, klappte er das

Netbook zu. Immer! Ein kleines grünes Lämpchen an der Seite des Computers zeigte den Standby-Modus an. Sein Vater hatte den Computer gar nicht ausgeschaltet, sondern lediglich in den Ruhemodus versetzt? Höchst seltsam.

Langsam ging Finn zum Schreibtisch und erweckte das Netbook durch einen leichten Druck auf die Leertaste zum Leben. Der schwarze Bildschirm begann zu flackern und zeigte die helle Seite eines Schreibprogramms. Darauf hatte jemand mit fetter Schrift getippt:

Ihr sucht eure Karten?
Ihr bekohmt sie wieder.
In Tausch mit das, was unser gehört!
Heute 18 Uhr Karlsbrücke

Joanna rückte langsam dichter an Finn heran und las den Text zwei-, dreimal hintereinander, weil sie einfach nicht glauben konnte, was dort stand.

»Auf jeden Fall war das kein Deutscher, der das geschrieben hat«, stellte sie als Erstes fest. »Oder einer, der schon seit der dritten Klasse keine Rechtschreibung mehr hatte. Aber was soll das bedeuten: im Tausch mit dem, was uns gehört? Wie können wir etwas von den Dieben besitzen? Wir kennen hier doch niemanden! Schon gar keinen Tschechen, der schlecht Deutsch kann.«

»Wir kennen Ondra und Vojta«, sagte Finn und kaute nachdenklich auf den Lippen.

Joanna warf ihm einen schnippischen Blick zu. »Sehr witzig, Finn!«

»Immerhin hatten sie die Gelegenheit, uns die Karten zu stehlen«, stellte Finn unbeirrt fest.

»Spinnst du?«, fuhr Joanna ihn an. »Wir waren doch die ganze

Zeit mit ihnen zusammen! Wie hätten sie da gleichzeitig im Hotel einbrechen sollen?«

»Nicht die ganze Zeit!«, korrigierte Finn. »Aber ich gebe zu, sie hätten kaum Zeit gehabt, vor uns hier zu sein und einzubrechen.«

»Na also!« Joanna schüttelte fassungslos den Kopf darüber, dass Finn überhaupt an so etwas denken konnte.

Finn schaute sich weiter in dem Appartement um. »Da sie uns einen Tausch anbieten, müssen sie etwas gesucht haben, das sie weder bei uns noch hier im Hotelzimmer gefunden haben.«

»Und die Diebe haben damit gerechnet, es hier auch nicht zu finden. Sonst hätten sie uns ja wohl kaum vorher die Karten gestohlen und sie nun zum Tausch angeboten!«, ergänzte Joanna.

»Ja, sehr merkwürdig«, fand Finn. »Also noch mal. Sie verfolgen uns, stehlen uns die Karten, kehren zurück in unser Hotelzimmer, suchen etwas, finden es nicht, womit sie aber gerechnet haben, und bieten uns nun die Karten an, um das zu erhalten, was ihrer Meinung nach ihnen gehört.«

Joanna widersprach. »Oder sie haben etwas gesucht, was wir noch nicht bei uns hatten, als wir noch im Hotel waren, aber nicht mehr, als die Diebe auf uns trafen.«

»Hä?«, fragte Finn. »Das hieße ja, wir hätten es erst unterwegs bekommen. Ich hab aber gar nichts gekau…!«

Beinahe zeitgleich fiel es den beiden ein: »Die Marionette!«

»Das käme hin!«, sagte Joanna. »Sie sehen, dass du die Puppe findest. Sie verfolgen dich, um sie dir zu stehlen, doch bevor sie dazu kommen, hast du die Puppe Papa gegeben. Vielleicht folgen sie ihm und verlieren ihn aus den Augen. Sie stehlen mein Portemonnaie, nur um nachzusehen, wo wir wohnen.«

»Dabei entdecken sie die Karten und nehmen sie an sich. Sie ahnen, es ist ein gutes Druckmittel«, fuhr Finn fort. »Hattest du die Hoteladresse im Portemonnaie?«

»Ja«, bestätigte Joanna. »Eine Visitenkarte von der Rezeption. Und unsere Zimmernummer hatte ich draufgeschrieben, damit ich sie nicht vergesse.«

»Na super!«, stieß Finn aus. »Auf jeden Fall brechen sie in unser Hotelzimmer ein, finden die Marionette aber nicht, weil Papa sie zum Arzt mitgenommen hat.«

»Und sie kommen auf die Idee, dass wir ihnen die Puppe bringen, um unsere Karten wiederzubekommen.«

Zu diesem Schluss kam auch Finn. Nur eines blieb unklar: Warum waren die Einbrecher so versessen auf eine harmlose Puppe? Ansonsten passte alles zusammen. »Sie glauben, die Karten für das Konzert sind uns so wichtig, dass wir alles dafür tun!«

»Womit sie nicht ganz unrecht haben«, gab Joanna zu. »Also warten wir eben auf Papa, bringen die Puppe zur Brücke, bekommen die Karten wieder und fertig!«

Doch Finn zeigte ihr einen Vogel. »Du hast wohl noch nie einen Krimi gesehen«, sagte er. »Dort gehen Übergaben bei Erpressungen immer schief. Meistens wird geschossen und es gibt Tote!«

Joanna riss Mund und Augen auf. »Geschossen? Wegen einer Puppe? Mann, du guckst echt zu viel fern!«

»Pah!«, widersprach Finn. »Wir müssen das Mama und Papa erzählen und zur Polizei gehen!«

Alles, was sie tun mussten, war also, hier im Hotel zu bleiben und auf ihre Eltern zu warten. Kein Problem. Leichte Sache.

Da klopfte es auf einmal leise an die Tür.

Erpressung

»Hast du das gehört?« Finn verfiel automatisch in einen Flüsterton.

Joanna nickte. »Ja bitte?«, rief sie laut, stellte sich an die Tür und lauschte.

Draußen rührte sich nichts.

Joanna unternahm einen zweiten Versuch. »Wer ist da bitte?«

Wieder keine Antwort. Damit war klar: Weder ihre Eltern hatten geklopft noch jemand vom Hotel. Die hätten sich ja zu erkennen gegeben.

Joanna und Finn schauten sich an. Was sollten sie tun? Die Tür aufreißen, um nachzuschauen? Zu gefährlich. Denn damit würde sie dem Unbekannten Zugang zum Zimmer verschaffen. Einen Spion besaß die Tür leider nicht. Joanna legte ihr Ohr an die Tür, um zu horchen, was der Unbekannte tat. Wartete er? Würde er gehen, weil jemand hier war? Was aber wollte er überhaupt hier? Das Zimmer hatten die Eindringlinge doch bereits durchsucht.

Finn tippte seiner Schwester an die Schulter und zeigte auf den Boden. »Sieh mal!«

Unter der Tür ragte das Eckchen eines Zettels hervor. Joanna bückte sich und zog das Papier vollständig zu sich heran. Es entpuppte sich als Umschlag. Sie öffnete ihn und schreckte zurück! Im Umschlag steckte ein Foto, auf dem sie, Finn und ihr Vater abgebildet waren. Finn überreichte seinem Vater gerade die Plastiktüte. Auf der Rückseite des Fotos stand:

KEINE POLIZEI!

Die Nachricht war mit einem Totenkopf signiert.

Vor Schreck ließ Joanna das Foto fallen. Es segelte zu Boden. Finn hob es mit spitzen Fingern auf.

»Vielleicht sind Fingerabdrücke drauf«, erklärte er.

»Spinnst du?«, blaffte Joanna ihn an. »Das zeigen wir auf keinen Fall Mama und Papa, hörst du?«

»Wieso nicht?«, fragte Finn.

»Kannst du dir vorstellen, was die sich für Sorgen machen, wenn sie die Drohungen lesen? Du glaubst doch nicht im Ernst, dass die uns dann noch allein ins Konzert lassen!«

»Du mit deinem Konzert«, schimpfte Finn. »Hier geht's ja wohl um mehr!«

»Ja, aber ohne mich!«, stellte Joanna klar. »Wir sind nur wegen des Konzerts nach Prag gekommen. Das lasse ich mir nicht vermiesen, bloß weil du eine blöde Puppe gefunden hast! Die geben wir brav zurück, bekommen unsere Karten wieder, und alles ist gut!«

»Das können wir nicht machen!«, widersprach Finn. »Das ist zu gefährlich. Wir müssen Mama und Papa davon erzählen!«

»Wehe!« Joanna entriss ihm das Foto und hielt ihm den Schriftzug »KEINE POLIZEI!« vor die Nase. »DAS ist gefährlich, wenn wir die Polizei rufen, Bruderherz. Wie du siehst …«

Sie drehte das Foto auf die richtige Seite.

»… und auch gemerkt hast …«

Jetzt zeigte sie zur Tür.

»… sind die uns Schritt und Tritt auf den Fersen. Mama und Papa können uns da auch nicht schützen.« Zum Beweis zeigte sie mit einer ausladenden Handbewegung auf das völlig durchwühlte Zimmer. »Sie sind schnell und sofort zur Stelle. Mit denen lasse ich mich auf keine Auseinandersetzung ein. Sie bekommen die Puppe und fertig. Mir ist die Marionette nämlich völlig schnuppe, aber für die offenbar sehr wichtig.«

»Und was sollen wir Mama und Papa sagen?« Auch Finn deutete auf das zerwühlte Zimmer.

»Nichts!«, entschied Joanna. »Wir räumen auf. Und zwar jetzt!«

»Du spinnst!«, meckerte Finn. »Wir reiten uns da in eine gefährliche Sache rein.«

»Falsch, Brüderchen«, korrigierte Joanna. »DU hast uns da reingeritten. Wir stecken schon in der Scheiße. Und ich hole uns da jetzt wieder raus!«

»Das geht nicht gut! Das geht bestimmt nicht gut!«, jammerte Finn und begann seiner Schwester beim Aufräumen zu helfen.

Sie wurden gerade damit fertig, als ihre Eltern im Hotel ankamen. Ihre Mutter humpelte an einer Krücke.

»Oje!« Joanna lief auf ihre Mutter zu. »Was hast du denn gemacht?«

»Bänderanriss, sagt der Arzt.« Ihre Mutter zwang sich ein Lächeln ab. »Ich werde jetzt wohl öfter eine Kutsche buchen müssen, um mir Prag anzusehen.«

Joanna und Finn verstanden das Lächeln ihrer Mutter als Einladung mitzufahren. Aber sie hatten keine Zeit. Sie mussten um 18 Uhr eine Puppe an der Karlsbrücke übergeben. Und zwar so, dass ihre Eltern davon nichts erfuhren.

»Gern!«, stotterte Joanna deshalb und zwang sich ebenfalls ein Lächeln ab. »Aber nicht mehr heute, oder?«

Ihre Mutter schaute verwundert. »Öh, nein. Eigentlich nicht. Wir wollen nur nachher noch essen gehen. Aber wieso?«

Joanna fiel auf die Schnelle keine Ausrede ein. Ohne es zu ahnen, kam Papa ihr zu Hilfe.

»Der Puppenspieler?«, fragte er schmunzelnd, was wiederum Finn erstaunte. Er hätte schwören können, dass sein Vater nicht mitbekommen hatte, was zwischen Joanna und Ondra lief. Jetzt aber ergab sich ihre große Chance, ohne Eltern noch mal aus dem Hotel zu kommen. Finn setzte deshalb ein vielsagendes Grinsen auf.

»Puppenspieler?«, fragte Mama. »Hab ich etwas verpasst?«

»Na ja … ähem …«, begann Joanna. Auch sie hatte ihre Chance erkannt, wusste aber nicht so recht, wie sie es erklären sollte. »Da war so ein Marionettenspieler auf der Brücke«, fing sie vorsichtig an. »Mit ganz süßen Figuren. So Musiker und so. Weißt du, die Jungs wollen auch zum Konzert …«

»Die Jungs?«, unterbrach ihre Mutter.

Joanna erzählte von den Brüdern. »Na ja, und in Vorbereitung auf das Konzert geben sie heute Abend selbst eines. Mit den Marionetten.«

»Um 18 Uhr!«, ergänzte Finn. »Auf der Karlsbrücke. Das wollen wir uns gern ansehen!«

Joanna nickte eifrig.

»Das klingt doch schön!«, kommentierte ihr Vater. »Vielleicht gehen wir da alle zusammen hin?«

»Was?«, entfuhr es Joanna heftiger, als sie wollte. »Äh, aber …!«

»Bis zur Karlsbrücke?«, fragte Mama mit besorgtem Blick auf ihren verletzten Fuß. »Och nö, wirklich nicht!«

»Wir können doch ein Taxi rufen!«, schlug Papa vor.

Doch Mama winkte ab. Für ein Taxi fand sie die Strecke nun wieder zu kurz. »Nein, nein. Geh du doch mit den Kindern!«

Finn und Joanna sahen sich entgeistert an. Ihrem Vater entging dieser Blick nicht.

»Ihr wollt lieber allein gehen, nicht wahr?«, fragte er.

»Allein?«, wiederholte Mama mit strengem Ton. »Bei euch piept's wohl!«

Aber Joanna war eine Meisterin darin, ihren Willen durchzusetzen. Nur so waren sie überhaupt nach Prag gekommen. Es dauerte keine zehn Minuten, dann hatte Joanna ihre Mutter so weit.

Mama seufzte tief und mahnte: »Ihr nehmt eure Handys mit, seid erreichbar und spätestens – ich wiederhole: spätestens – um 20 Uhr wieder hier. Da ist es wenigstens noch hell!«

»Supi! Danke, Mama!« Joanna wusste sofort, dass dies gleichzeitig ein entscheidender Sieg für die Entscheidung war, ob sie allein ins Konzert gehen durfte. Die Frage war nämlich noch längst nicht beantwortet. Doch in diesem Moment beschäftigte sie ein anderes Thema viel mehr.

»Wo hast du eigentlich die Marionette?«, fragte sie ihren Vater.

Der wusste erst gar nicht, wovon sie sprach, und erinnerte sich erst, als Finn nachhalf. Papa schaute ihn erst fragend, dann nachdenklich an, schließlich schlug er sich erschrocken mit der Hand gegen die Stirn: »Stimmt ja! Mensch, die habe ich völlig vergessen! Die muss ich wohl liegen gelassen haben!«

»WAS?« Jetzt war Finn es, der lauter aufbrauste, als er wollte. Hastig sah er auf die Uhr. Ihnen blieb nur noch eine Stunde bis 18 Uhr. Hilflos wanderte sein Blick zu seiner Schwester, die den Schock auch erst überwinden musste. Die Einbrecher hatten Finn und Joanna eindeutig gedroht, und insgeheim war ihnen klar, dass es um erheblich mehr ging als nur die zwei Konzertkarten.

Sicher würden die Erpresser vor Gewalt nicht zurückschrecken, wenn sie der Forderung nicht nachkamen. Und jetzt war die Puppe verschwunden!

Nervös kaute Joanna auf ihrer Unterlippe. Sie dachte nach. Finn konnte das klar erkennen und gleichzeitig nur hoffen, dass seine Eltern es übersahen. Das taten sie glücklicherweise, weil Papa Mama half, sich vom Sessel aufs bequemere Sofa umzusetzen.

»Wir würden gern schon jetzt gehen«, sagte Joanna. Offenbar war ihr etwas eingefallen. »Dürfen wir?«

Ihre Eltern tauschten Blicke.

Mama nickte Joanna zu. »Ja. Aber denkt dran: Seid vorsichtig, nehmt eure Handys mit und seid um acht Uhr zurück! Habt ihr einen Stadtplan, damit ihr euch nicht verlauft?«

Finn wedelte mit seinem Smartphone. »Stadtplan? Mama, wir kennen den Weg. Außerdem hab ich die Hoteladresse ins Navi eingegeben!«

Mamas zweifelnder Blick verschwand nicht. Sie hielt Navigationssysteme für ebenso unzuverlässig wie Rechtschreibprüfungen oder Übersetzungsprogramme und verließ sich lieber weiterhin auf gute alte Straßenkarten. »Nehmt trotzdem einen Stadtplan mit!«

Finn ließ seinen Blick zur Decke schweifen. »Na gut!«

Dann zischten sie endlich ab. Unten vor dem Hoteleingang weihte Joanna Finn in ihren Plan ein: »Wir müssen sofort zu dem Arzt, der Mama versorgt hat. Bestimmt liegt die Tüte mit der Puppe noch im Wartezimmer.« Sie schaute auf die Uhr. »Ich hoffe, dass der bis 18 Uhr aufhat.«

»Moment mal!«, wandte Finn ein. »Wir wissen gar nicht, wo die Praxis ist. Und Mama und Papa können wir schlecht fragen, oder?«

»Blitzmerker!«, grinste Joanna. »Papa hat die Arztrechnung auf den Tisch gelegt …«

»Mann!«, unterbrach Finn sie. »Die braucht er doch, damit er das Geld zurückbekommt. Weißt du nicht mehr, in Florenz …?«

»Ich hab doch die Rechnung nicht weggenommen!«, stellte Joanna klar. »Mir aber Namen und Adresse des Arztes gemerkt!«

»Schlau!«, lobte Finn.

»Schön, dass dir das auch mal auffällt!«, antwortete Joanna. Und tippte die Adresse in ihr Smartphone-Navi ein. Nach wenigen Sekunden huschte ein Lächeln über ihr Gesicht. »Na also. Bloß zehn Minuten Fußweg von hier entfernt, sagt das Navi. Wenn wir laufen, schaffen wir es in der halben Zeit. Los komm!«

Letzte Chance 18 Uhr!

Joanna und Finn hatten Glück. Die Arztpraxis hatte noch geöffnet und die Sprechstundenhilfe sprach recht passabel Deutsch. Joanna konnte ihr also leicht erklären, weshalb sie gekommen waren: Ihr Vater hatte im Wartezimmer eine Marionette in einer Tüte liegen lassen.

Die Sprechstundenhilfe lächelte Finn freundlich an. Joanna grinste frech. Und Finn begriff. Die Frau dachte, es wäre seine Marionette. Sie hielt ihn wohl für einen kleinen Jungen, der so lange gequengelt hatte, bis seine große Schwester ihn auf der Suche nach der Puppe begleitete.

Gerade wollte er protestieren. Doch Joanna legte ihm mit einem Blick nahe, es bei dem Missverständnis zu belassen. Grummelnd schloss Finn den Mund wieder, schluckte seinen Protest herunter und folgte seiner Schwester in das Wartezimmer, in dem zu seinem Erstaunen noch mehr als zehn Leute saßen.

Joanna grüßte ins Zimmer hinein und blieb in der Mitte stehen. Stuhl für Stuhl suchte sie mit ihrem Blick ab, betrachtete die Garderobe, warf sogar einen Blick in den Schirmständer, dann in den Papierkorb, aber sie konnte die Tüte nicht finden. Finn hatte sofort einen der wartenden Patienten im Verdacht, doch Joanna verabschiedete sich und ging zurück zum Empfangstresen, weil sie sicher war, dass ihr Vater die Tüte im Behandlungszimmer liegen gelassen haben musste.

»Tut mir leid. Dann warten die Herrschaften im Wartesalon, bitte sehr!«

»Aber es ist wichtig!«, drängte Joanna und sah verstohlen auf ihre Uhr.

»Daas Behaandlungszimmer zu betreten während Behaandlung ist leider nicht möglich«, sagte die Frau.

Sie dehnte das A derart, dass Joanna schon befürchtete, die Frau wollte mitten im Satz Feierabend machen. Doch sie erinnerte sich, dass der Kellner im Restaurant am Museum Kampa ähnlich gesprochen hatte.

»Aber wenn Sie Platz nehmen mögen. Ich rufe Sie dann gern auf in Behaandlungszimmer, wenn Behaandlung beendet.«

»Okay!«, gab Joanna sich zufrieden. »Wann ist der Patient denn fertig?«

»Ich rufe auf, wenn anderen Damen und Herren wurden behaaandelt. Denn sie waren aaangemeldet. Waren Sie aaangemeldet?«

»Wie bitte?«, erwiderte Joanna. »Woher sollte ich denn wissen, dass mein Vater die Marionette hier liegen lässt?«

»Aber es ist ein Notfall!«, ergänzte Finn. Zu spät bemerkte er, dass er sich damit noch mehr in die Rolle eines Kleinkindes begab.

Die Frau lächelte wieder freundlich und sagte: »Naaatüürlich!« Sie holte eine kleine Schale unter ihrem Tresen hervor und reichte sie Finn: »Möchtest du eine Karaamellbonbon?«

»Ja, gern!«, sagte Finn und wollte zulangen.

Doch Joanna funkte dazwischen. »Nein! Kein Bonbon. Ein Notfall, er hat recht!«

»Naaatüüürlich! Bitte setzen in Wartezimmer. Ich rufe auf, wenn Behaaandlung …!«

Joanna stieß einen lauten Seufzer aus.

»Ein Notfall?« Eine tiefe freundliche Männerstimme ertönte hinter Joanna. Als sie sich umdrehte, stand der Doktor vor ihr, im weißen Kittel, wie es sich gehörte.

»Ja!«, rief Joanna freudestrahlend und erzählte, weshalb sie gekommen waren.

»Vermutlich hat mein Vater die Tüte in Ihrem Behandlungszimmer liegen lassen!«

Joanna machte sich schon bereit, dem Arzt in dessen Zimmer zu folgen, doch der überraschte mit seiner Antwort.

»Ihr Herr Vater war gar nicht mit zur Behandlung. Er hat draußen gewartet, im Wartezimmer.«

Diese Auskunft traf Joanna wie ein Schlag. Denn es bedeutete, ihr Vater musste die Tüte tatsächlich dort vergessen haben. Aber sie hatten ja alles abgesucht und nichts gefunden. Mit anderen Worten: Die Puppe war weg! Ein hastiger Blick zur Uhr: fast schon halb sechs. Ihnen blieb nur noch eine halbe Stunde! Und sie würden mindestens fünfzehn Minuten allein für den Weg brauchen, eher zwanzig.

»Danke!«, sagte Joanna leise.

»Ist sie nicht im Wartezimmer?«, fragte der Arzt nach.

Joanna und Finn schüttelten die Köpfe.

»Vielleicht hat er sie unterwegs liegen gelassen«, vermutete der Arzt. »Im Taxi auf dem Weg ins Hotel vielleicht. Da könnte man in der Zentrale nachfragen!«

Wow! Eine tolle Idee. In der Tat lag die Vermutung des Arztes nahe. Wer sollte denn schon eine Puppe klauen? Der Arzt warf seiner Sprechstundenhilfe einen vielsagenden Blick zu. Die Frau seufzte kurz, griff dann aber zum Telefon, um die zwei größten Taxiunternehmen anzurufen und eine Suchmeldung nach der Marionette durchzugeben.

Finn war beeindruckt, wie freundlich sie behandelt wurden. Leider nützte es ihnen wenig. Kein Taxifahrer meldete sich.

»Vielleicht noch etwas warten«, schlug die Frau vor. »Im Waaartezimmer. Ich rufe auf, wenn …«

›Oh nein! Nicht schon wieder!‹, dachte Finn.

Außerdem fehlte ihnen die Zeit. Sie wurden um 18 Uhr auf der Karlsbrücke erwartet. Sie mussten dorthin. Notfalls auch ohne Puppe.

Joanna hinterließ ihre Mobilnummer für den Fall, dass sich tatsächlich ein Taxifahrer meldete. Und dann machten sie und Finn sich auf den Weg zum Treffpunkt. Vielleicht konnten sie wenigstens noch ein wenig mehr Zeit heraushandeln.

Punkt 18 Uhr erreichten sie den Platz auf der Karlsbrücke, zu dem sie hinbeordert worden waren. Joanna schaute auf die Uhr und verglich ihre Uhrzeit mit der von Finn. Dann drehten sie sich mehrmals um sich selbst und fragten sich, wer hier wohl auf sie wartete.

Fünf Minuten standen die beiden so da. Aber es tat sich nichts.

»Klar!«, sagte Joanna leise zu Finn. »So etwas kennt man aus Filmen. Die Entführer und Erpresser checken erst mal die Lage.«

Doch auch bis Viertel nach sechs meldete sich niemand bei ihnen oder gab sich zu erkennen. Das konnte nicht sein. Sie waren doch pünktlich gewesen. Wieso meldete sich keiner? Niemand brach zum Scherz in ein Hotelzimmer ein. Insofern war der Treffpunkt ernst gemeint gewesen.

Joanna zog enttäuscht die Schultern hoch.

»Jetzt weiß ich auch nicht weiter!«, gestand sie ihrem Bruder traurig. »Die Karten sind wohl weg! Obwohl ich es nicht verstehe. Wieso sind die Einbrecher nicht gekommen?«

Finn schaute sich noch mal nach allen Seiten um. Aber er entdeckte niemanden unter all den Touristen, den er auf den ersten Blick für einen Kriminellen halten würde. »Vielleicht beobachten uns die Erpresser heimlich und haben erkannt, dass wir ohne Puppe gekommen sind«, wisperte er.

Joanna warf ihm einen entgeisterten Blick zu. »Verdammt, du hast recht. Wir stehen hier mit leeren Händen wie auf einem Präsentierteller. Natürlich beobachten die uns. Ist doch logisch. Oh Mann, waren wir blöd! Wir hätten eine Tasche mitnehmen sollen!«

»Wieso das denn?«, fragte Finn. »Wir haben doch die Puppe nicht.«

»Das hätten wir dann erklären können. Aber erst mal wäre sicher jemand auf uns zugekommen! Aber so sehen sie von vornherein, dass wir nichts dabeihaben, und bleiben im Hintergrund.«

»Schöner Reinfall jedenfalls. Deine Konzertkarten kannst du abschreiben. Und wir müssen Mama und Papa alles erzählen.«

»Ja, da hast du wohl leider recht«, räumte Joanna ein. »Gehen wir.«

Sie drehte sich um und ... wäre beinahe mit jemandem zusammengeprallt.

»Hallo!«, sagte der Jemand.

Es war Vojta. Er war wie aus dem Nichts hinter den beiden Geschwistern aufgetaucht.

»Hallo!«, grüßte Joanna halb erschrocken, halb erfreut zurück. »Was machst du denn hier?«

Vojta lachte. »Hast du vergessen? Wir arbeiten hier.«

Joanna musste lächeln. Natürlich. Fast war es so, als wäre die

Geschichte, die sie ihren Eltern auf die Nase gebunden hatte, wahr und Vojta und Ondra würden nun ihr Marionettenkonzert geben.

»Und ihr?«, fragte Vojta.

»Wir ... öh ...«, stotterte Joanna. »Wir wollten zu euch!«

»Ja?«, fragte Vojta und ließ ein breites Lachen aufblitzen. »Und wieso bist du dann so erstaunt, mich zu treffen?«

›Gute Frage!‹, dachte Finn. Auf die auch Joanna keine Antwort wusste und die sie deshalb einfach ignorierte.

»Und ihr?«, fragte sie stattdessen zurück. »Macht ihr noch eine Vorstellung?«

Vojta schüttelte den Kopf. »Feierabend! Aber ich habe eine gute Nachricht.«

Joanna war gespannt.

»Wir haben Karten bekommen. Für das Konzert übermorgen. Coldplay!«

»Wirklich? Das Konzert ist seit Wochen ausverkauft!«

Finn und Joanna warfen sich vielsagende Blicke zu. Zwar hatte Ondra angekündigt, dass er über gute Beziehungen verfügte und noch Karten bekommen würde. Aber jetzt, so kurz nachdem ihre Karten verschwunden waren, wunderten sie sich doch. Konnte das ein Zufall sein?

»Woher denn?«, wollte Finn wissen.

Vojta wich der Frage aus und antwortete nebulös: »Beziehungen!«

Finn gab sich damit diesmal nicht zufrieden. »Zeig mal die Karten!«, forderte er. »Hoffentlich sind das keine Fälschungen, für die ihr Geld ausgegeben habt.«

Er bemerkte, wie Joanna ihn anerkennend ansah. Seine Frage war geschickt gestellt. Vojta musste Farbe bekennen. Der aber ließ sich nicht in Bedrängnis bringen.

»Die Karten Ondra hat zu Hause«, behauptete er. »Aber keine Sorge. Sie sind original. Und wir haben nichts bezahlt dafür.«

›Das glaube ich!‹, dachte Finn. Für ihn stand mehr und mehr fest: Ondra und Vojta hatten die Karten gestohlen. Das war offensichtlich. Allerdings hielt er sich noch damit zurück, seinen Verdacht klar zu äußern. Dafür gab es zu viele Ungereimtheiten. Wieso waren sie ins Hotelzimmer eingebrochen? Was hatten die beiden mit der Puppe zu tun? Weshalb gingen sie so weit, sie zu erpressen? Und vor allem: Warum fragten sie jetzt nicht nach der Puppe?

»Habt ihr eure Karten?«, fragte Vojta.

Die Frage kam überraschend. Wenn er nichts mit dem Diebstahl zu tun hatte, wie kam er auf die Idee, nachzufragen? Wieso sollten sie ihre Karten nicht mehr haben? Die Frage empfand Joanna als Beweis für ihren Anfangsverdacht. Ondra und Vojta hatten ihr die Karten gestohlen!

Finn und Joanna überlegten einen Moment, was sie auf Vojtas Frage antworten sollten. Den Diebstahl leugnen, um mehr von ihm herauszubekommen? Oder ihn offen darauf ansprechen? Joanna versuchte es mit der offensiven Methode.

»Du kennst die Antwort!«, warf sie ihm an den Kopf. »Ihr seid die Erpresser!«

»Nein, sind wir nicht!«, widersprach Vojta.

Eine verräterische Antwort! Er wusste also von der Erpressung. Sonst hätte er ja erst mal gefragt, wovon Joanna überhaupt sprach! Doch Vojta rechtfertigte sich nicht weiter, sondern zeigte nur zur Mitte der Brücke.

»Kommt mit«, bat er höflich. »Da vorn ist Ondra, der kann euch erklären alles.«

»Da bin ich aber mal gespannt!« Joanna sprach mit scharfem Ton, den Finn sehr gut kannte. Er signalisierte, dass man sich

68

jetzt besser nicht weiter mit ihr anlegen sollte. Zuerst war Joanna nur sehr enttäuscht gewesen, von ihrem ach so süßen Ondra betrogen worden zu sein. Jetzt aber stieg Wut in ihr auf. Finn kannte die Anzeichen. Ihre Stirn tief hinuntergezogen, stampfte sie mit misstrauischem Blick auf Ondra zu. Sollte ihre Bekanntschaft, die so gut begonnen hatte, wirklich nur ein abgekartetes Spiel gewesen sein, um ihr die Konzertkarten abzunehmen? Diese Frage stand ihr förmlich ins Gesicht geschrieben.

Vermutlich wäre es besser gewesen, den fremden Jungs überhaupt nichts von ihrem Konzertbesuch zu erzählen, dachte Finn bei sich. Von wegen, »gemeinsam« das Konzert besuchen. So eine dreiste Lüge! Statt eines gemeinsamen Besuchs hatten sie Joanna die Karten geklaut!

Je mehr Finn drüber nachdachte, desto wütender wurde auch er. Es gab eigentlich auch nur noch einen einzigen Grund, weshalb Joanna jetzt nicht wutschnaubend auf Ondra losging oder die Polizei rief: Sie wollte unbedingt wissen, was das alles mit der seltsamen Puppe des ihnen völlig unbekannten Ehepaars zu tun hatte.

Ondra hingegen lehnte lässig am Geländer und empfing Joanna und Finn mit einem freundlichen Lächeln.

»Schön, zu sehen euch wieder!«

»Ach ja?«, giftete Joanna ihn sofort an. »Du hast meine Karten gestohlen. Gib sie mir wieder!«

Ondra hob beschwichtigend die Hände.

»Nicht gestohlen. Wirklich nicht«, schwor er. »Aber ich weiß, wer sie hat!«

»Jetzt ist es aber genug!«, schimpfte Joanna.

Finn griff schon nach seinem Smartphone und überlegte, ob er nicht sofort seinen Vater um Hilfe rufen sollte. Aber wie es schien, hatte Ondra die Karten nicht bei sich. Da würde ihr

Vater dann auch nichts ausrichten können. Der ahnte bislang ja nicht einmal etwas von dem Einbruch ins Hotel-Appartement, dank ihrer Aufräumaktion. Vielleicht war das doch nicht so klug gewesen? Finn entschied, noch einen Augenblick abzuwarten.

»Ich hab genug von deinen Spielchen. Wo sind meine Karten? Los, raus mit der Sprache!«, schimpfte Joanna.

»Bei ein Freund. Er hat Probleme. Wir helfen ihm!«, begann Ondra. Doch weiter kam er nicht. Joanna ging sofort dazwischen.

»Und deshalb klaust du meine Karten? Na super!«

Ondra hob erneut beschwichtigend seine Hände. »Nein! Nein! Unser Freund hat deine Karten!«

Joanna schnappte nach Luft. »Schöne Freunde! Das macht die Sache nicht besser. Dann seid ihr eben Komplizen. Also, her mit meinen Karten!«

Ondra atmete tief durch. Es sah nach einer komplizierten Erklärung aus, doch er fasste sich erstaunlich kurz. »Unser Freund braucht dringend die Puppe. Ihr wisst: Wassermannpuppe. Unser Freund ist in Gefahr. Böse Leute verfolgt ihn. Es ist gut, dass ihr seid gekommen zum Treffpunkt. Aber schlecht, dass ihr nicht habt die Puppe bei euch. Wo ist sie?«

Joanna winkte ab. »Nix da! Lenk nicht ab! Wo sind meine Karten?« Sie erinnerte sich, dass sie eigentlich zum Tauschen herkommen sollten: Puppe gegen Karten. Also mussten sich die Karten in greifbarer Nähe befinden.

»Habt ihr noch Zeit?«, fragte Ondra.

»Nein, verdammt!« Joanna wurde es allmählich zu blöd. »Unsere Eltern warten. Also, was ist jetzt mit den Karten?«

»Unser Freund ist verwickelt in … wie heißt das? … eine dumme Sache«, setzte Ondra erneut zu einer Erklärung an. »Er sollte eine Puppe verstecken. Dafür er hat viel Geld bekommen. Und das Versteck war nicht schwer. Denn seine Familie hat hier ein kleines Theater für Marionetten.«

Joanna stöhnte laut auf. »Aha, ja, schön. Und?«

»Sein Vater, der Besitzer des Theaters, verkauft manchmal alte Puppen.«

»Okay. Weiter!«

»Und er hat verkauft nun diese wichtige Puppe an Ehepaar! Eine Katastrophe für meine Freund. Denn wenn er nicht zurückbringt diese Puppe, ihm ... wie heißt das? ... blühen? ... ihm schlimme Dinge. Also er muss finden diese Puppe. Verfolgt Ehepaar. Aber er kann ihnen schlecht stehlen die Puppe direkt aus der Hand der Frau. Also er stiehlt Geldbörse wegen Adresse. Will sich die Puppe später wiederholen.«

»Indem er bei ihnen ins Hotelzimmer einbricht.«

Ondra wog seinen Kopf hin und her. »Beinahe ja. Ist nicht schwer, ins Hotelzimmer zu kommen. Wenn wird geputzt, alle Zimmer offen.«

»Okay«, drängte Joanna weiter.

»Aber Ehepaar verliert Puppe. Finn nimmt sie.«

Joanna begriff. »Und euer Freund macht mit uns das Gleiche wie mit dem Ehepaar. Stiehlt unsere Adresse aus der Geldbörse und durchsucht das Zimmer. Aber die Puppe ist nicht da. Deshalb der Hinweis auf den Treffpunkt«, ergänzte sie.

»Moment mal!«, ging Finn dazwischen. »Und die Karten?«

»Zufall«, erklärte Ondra. »Er sie hat gesehen und gedacht, gutes Mittel für Druck.«

»Druckmittel«, hakte Joanna nach.

»Ja«, bestätigte Ondra.

»Wieso habt ihr das nicht gleich gesagt? Wir hätten euch die Puppe sofort gegeben!«

Ondra schüttelte den Kopf. »Finn hat die Puppe zu schnell gegeben eure Vater. Und wir mussten testen euch. Haben nicht gewusst, wie wir können trauen euch.«

»Ach, wie nett!«, schimpfte Joanna. »Unsere Bootsfahrt war also nur eine Prüfung?«

Ondra zuckte entschuldigend mit den Schultern.

»Okay«, sagte Joanna. »Ihr kennt uns jetzt. Wir sind nett und hilfsbereit, also her mit den Karten!«

»Es gibt nur ein Problem«, sagte Ondra. »Ihr habt verloren die Puppe!«

Keine Wahl

Joanna und Finn überlegten kurz, was sie tun sollten. Ihre Entscheidung stand fest. So wichtig ihnen die Eintrittskarten für das Konzert auch waren, sie würden sich nicht auf solch eine obskure Sache wie die Suche nach der Marionette einlassen. Was ging sie die Puppe an? Sollten Ondra und Vojta versuchen, ihrem seltsamen Freund zu helfen, sie würden sich heraushalten. Karten hin oder her, sie gingen jetzt zurück ins Hotel-Appartement, um ihren Eltern zu erzählen, dass sie ihnen gestohlen worden waren. Pech gehabt.

»Also!«, sagte Joanna zu Ondra. »Ihr könnt es euch ja noch mal überlegen, mir meine Karten wiederzugeben. Wenn nicht, dann seid ihr eben Arschlöcher! Basta und tschüss!«

Sie drehte sich um und wollte gerade abmarschieren.

Ondra hielt sie am Arm fest. »Warte!« Und fügte in milderem Ton an: »Bitte!«

Joanna blieb stehen, obwohl sie sich eigentlich nicht hatte aufhalten lassen wollen.

»Was?«, fragte sie gereizt.

»Ich fürchte, es ist nicht so leicht, dass ihr euch haltet heraus.«

»Ach nein? Und wieso nicht?«

Ondra sah auf die Uhr. Es war kurz vor halb sieben. »Um sechs und dreißig mein Freund muss übergeben die Puppe. Nun aber er sie nicht hat.«

»Tja«, sagte Joanna. »So kann man sich täuschen.«

»Die Leute jetzt wissen, dass ihr habt die Puppe.«

»Wir haben sie nicht! Nicht mehr!«, warf Finn ein.

»Das die Leute nicht wissen!«, sagte Ondra.

Finn und Joanna begannen zu ahnen, was er damit sagen wollte. »Die Leute« – wen immer Ondra damit meinte – würden jetzt Jagd auf sie machen statt auf den dubiosen Freund!

»Das ist doch reine Spekulation«, versuchte Joanna sich und Finn zu beruhigen.

Doch plötzlich wurde es auf der Brücke unruhig …

»Tam! Tam!«, rief Vojta und zeigte aufgeregt auf das Ende der Brücke, wo ein Junge, etwa in Ondras Alter, auf sie zugerannt kam. »To je Jakub!«

»Was sagt er?«, fragte Finn.

»Das ist Jakub, unser Freund!«, erklärte Ondra.

Jakub wedelte heftig mit den Armen, drehte sich immer wieder panisch nach hinten um und rief den beiden Jungs zu: »Utíkejte! Honem, pryč odtud!«

»Was sagt er?«, fragte Joanna.

»Wir sollen weglaufen! Los! Fort von hier!«, drängte Ondra.

»Weglaufen? Vor wem? Wieso?«

»LOS!«, brüllte Ondra und zerrte Joanna mit sich.

Vojta und Ondra spurteten los, genau in jenem Moment, als Jakub ihre Höhe erreicht hatte. Er stoppte nicht, sondern lief im unverminderten Tempo weiter.

»Dolů k řece!«, schrie er.

Ondra nickte ihm zu. Er schien Bescheid zu wissen. »Schneller!«, rief er Joanna und Finn zu.

Die beiden rannten, so schnell sie konnten, mit den Jungs, ohne zu wissen, wieso eigentlich. Doch in diesem Augenblick blieb keine Zeit für Fragen. Die Situation schien gefährlich zu sein. Joanna und Finn verließen sich lieber darauf, dass Ondra schon wissen würde, weshalb er sie warnte. Zwar hatte er sich bisher nicht als besonders vertrauenswürdig erwiesen. Aber dies war nicht der Moment, um Ondra auf die Probe zu stellen, sondern sich lieber so schnell wie irgend möglich aus der Gefahrenzone zu bringen.

Die Karlsbrücke war Finn schon am Nachmittag ziemlich lang vorgekommen. Aber jetzt, wo er gejagt wurde und die nächste Treppe nach der Moldauüberquerung erreichen musste, schien sie gar kein Ende zu nehmen.

»Dort. Vorne. Links hinunter!«, rief Ondra.

»Alles okay? Noch fit?«, fragte Vojta Finn.

Der schaute den tschechischen Jungen nur böse an. Was sollte diese blöde Frage? Natürlich konnte er noch! Aber hallo! Finn beschleunigte noch einmal.

Vojta lächelte ihm zu. »Gut!«

Und dann endlich hatten sie die Treppe erreicht, auf der ihnen eine Touristengruppe entgegenkam, durch die sie sich hindurchzwängen mussten. Das Gute war nur, die Gruppe würde auch ihren Verfolgern im Wege stehen.

Ihre Verfolger! Wer immer das war! Finn drehte sich kurz um und reckte den Hals. Er konnte nicht erkennen, wer hinter ihnen her war.

»Unten wir müssen wieder linksherum!«, rief Ondra.

Joanna schaute in die Richtung, in die Ondra wollte. Sie erkannte einen Bootsanleger.

»Mit dem Boot weiter?«

Ondra schüttelte den Kopf. »Nein. Wir können nicht warten. Das nächste Boot erscheint erst in zehn Minuten. Aber unter die Brücke es parken Autos. Wir uns verstecken unterhalb der Autos!«

»Was?«, stieß Joanna entsetzt aus.

»Die beste Möglichkeit, ich glaube!«, versicherte Ondra.

»Verdammt!«, schimpfte Joanna. »Wo habt ihr uns da hineingeritten!«

»Geritten?«, fragte Ondra.

Joanna winkte ab. »Schon gut!«

Ondra hatte recht. Unter der Brücke befand sich ein kleiner voll besetzter Parkplatz.

»Vojta und Finn dort, Joanna und ich hier. Jakub tam!«, teilte Ondra die Wagen auf.

Joanna rollte sich gemeinsam mit Ondra unter einen Pkw, während Finn und Vojta unter einem kleinen Lieferwagen verschwanden. Jakub legte sich unter eine Limousine.

Joanna kam sich vor wie ein Straßenkätzchen, das vor einem Hund geflohen war.

»Was ist, wenn die Wagen starten und losfahren?«, fragte sie ängstlich.

»Wir es sehen rechtzeitig!«, versprach Ondra. »Achtung!«

Er presste seinen Kopf flach auf den Boden. Joanna machte es ihm nach. Ondra legte seinen Arm um Joannas Schulter, worauf Joanna wieder kurz den Kopf anhob.

»Hey!«, beschwerte sie sich. Was sollte das denn? Wollte er sie beschützen oder war das ein Annäherungsversuch?

»Kopf hinunter!«, befahl Ondra.

Und nun sah auch Joanna drei Paar Beine, die aus der Richtung der Treppe angelaufen kamen, kurz vor dem Bootsanleger stehen blieben und sich in alle Richtungen aufteilten. Keine Frage, die suchten nach ihnen! Joanna folgte Ondras Anweisung und legte sich flach auf den Asphalt. So konnte sie auch die Gesichter ihrer Verfolger sehen. Verwundert hob sie ihren Kopf und hätte sich fast am Auspuffrohr des Wagens gestoßen. Ihre Verfolger waren ebenfalls Jugendliche! Kaum älter als Ondra und Jakub.

»Hat Jakob Ärger mit seinen Schulfreunden oder was?«, zischte sie.

»Jakub!«, verbesserte Ondra. »Er heißt Jakub, nicht Jakob!«

»Na schön«, räumte Joanna ein. »Und? Sind das nun Schulkumpels oder nicht?«

Ondra schüttelte den Kopf und flüsterte: »Ihr Alter täuscht. Sie arbeiten für eine gefährliche Bande! Sie sind zuständig für die ... wie sagt man ... Verstecker?«

»Verstecke!«, korrigierte Joanna. »Aber was für Verstecke denn?«

Ondra hielt den Finger vor den Mund: Joanna sollte bloß keinen Ton von sich geben. Sie durften auf keinen Fall entdeckt werden.

»Na super!«, schnaubte Joanna. »Ich wollte doch nur ...?«

»Scht!«, unterbrach Ondra sie.

Einer der drei Jugendlichen kam auf die Autos zu.

»Nicht gut!«, flüsterte Ondra. »Kopf runter.«

Joanna presste sich noch flacher auf den schmutzigen Asphalt. Die anderen beiden Jugendlichen folgten dem ersten. Sie kamen direkt auf sie zu.

Finn hatte sich so flach wie möglich auf den Bauch gelegt und die Hände über den Kopf verschränkt, als ob er fürchtete, ihm könne jeden Moment etwas auf den Hinterkopf fallen. Trotzdem blinzelte er durch seine verschränkten Arme hindurch und versuchte, einen Blick auf seine Schwester zu werfen. Die hob leicht ihren Kopf, konnte aber wohl an Ondra vorbei nur wenig erkennen. Wenn ihre Verfolger auf die Idee kamen, sich zu bücken und unter die Autos zu schauen, waren sie geliefert.

Aber allem Anschein nach kamen sie nicht auf diese Idee. Denn plötzlich blieben sie wieder stehen und schauten sich erneut in alle Richtungen um. Schließlich entschieden sie sich, unter der Brücke hindurchzugehen und auf der anderen Seite nach ihnen zu suchen. Das war einerseits für Joanna und die anderen die beste Möglichkeit zu entkommen. Andererseits mussten ihre Verfolger dicht an den Autos vorbeigehen, um die Brücke zu unterqueren.

Joanna spürte, wie Ondra für einen Moment die Luft anhielt, um kein Geräusch von sich zu geben. Sie selbst spürte, wie sich ihre anfängliche Wut auf Ondra und Vojta in pure Angst verwandelte.

Wie waren sie nur in eine solche Lage geraten? Sie hatte mit ihrer Familie eine kleine, lustige Reise machen wollen, um sich ein Konzert anzuschauen! Und nun versteckte sie sich unter einem parkenden Auto vor irgendeiner gefährlichen Verbrecherbande? Joanna konnte es einfach nicht fassen!

Einer ihrer Verfolger ging direkt an ihrem Wagen vorbei und blieb stehen, um den anderen etwas zuzurufen, das sie nicht verstand.

Die ausgetretenen Sportschuhe des Jugendlichen waren nur wenige Zentimeter von ihr entfernt. Ein Nieser, ein Räuspern oder eine falsche Bewegung genügte in diesem Augenblick, um sich zu verraten. Was würden die mit ihnen anstellen, wenn sie sie erwischten? Joanna hatte keine Ahnung. Und sie verdrängte auch schnell alle Gedanken daran.

Die Turnschuhe bewegten sich wieder und gingen weiter.

›Glück gehabt‹, dachte Joanna.

Wie es schien, zogen die drei Verfolger weiter, ohne sie zu entdecken.

Joanna verharrte in ihrer Position und wartete, bis sich Ondra wieder regte.

Dann – nach einigen endlosen Minuten – wagte Ondra, ein wenig seinen Kopf zu heben und sich umzusehen. Er wälzte sich halb unter dem Wagen hervor und schaute den Verfolgern hinterher. »Ich glaube, sie sind weg!«

Joanna rollte sich seitlich unter dem Wagen heraus, erhob sich und klopfte sich den Schmutz von der Kleidung.

Finn kam gleich auf sie zu. »Wer war das?«, wollte er wissen. »Was wollen die von uns?«

»Gute Frage!« Joanna wandte sich sofort wieder an Ondra. »Was verstecken die? Vor wem? Und was hat diese Puppe damit zu tun?«

»Drogen!«, antwortete Ondra so unverhofft offen, dass es Joanna zunächst die Sprache verschlug.

»Das ist nicht dein Ernst! Hat Jakub nicht mehr alle Sinne beisammen? Wie kann man sich denn mit Drogenhändlern einlassen!« Abrupt wandte sie sich an ihren Bruder. »Komm mit. Wir hauen ab. Die haben sie doch nicht mehr alle.«

»Ich möchte dir zeigen etwas!«, sagte Ondra. »Hast du noch Zeit übrig?«

»Nein!«, antwortete Joanna entschieden. »Das Einzige, was du mir zeigen kannst, sind meine Eintrittskarten!«

»In Ordnung!«, willigte Ondra ein. »Wenn du kommst mit mir und du schaust, was ich möchte zeigen dich … äh … dir, du bekommst sofort deine Karten. Versprochen!«

»Ha!«, lachte Joanna auf. »Dir soll ich noch etwas glauben?« Sie wandte sich an Finn. »Was meinst du?«, fragte sie.

Auch Finn hatte den Kanal voll. Andererseits, wenn Ondra

diesmal nicht schwindelte, würden sie vielleicht wirklich ihre Karten wiederbekommen.

»Wir haben ja eigentlich nichts zu verlieren«, meinte er. Und sie hatten sogar noch ein wenig Zeit. Es war noch nicht einmal sieben Uhr.

»Was willst du mir denn zeigen?«, fragte Joanna Ondra.

»Ein Theater!«, antwortete der lächelnd. »Kommt mit.«

Das alte Theater

Im ersten Moment dachte Finn, Ondra wollte sie veralbern, als sie vor einem Haus stehen blieben, das sie, wenn er es hätte beschreiben sollen, als Bruchbude bezeichnen würde. Die breite hölzerne Eingangstür, von der Wind und Wetter jahrelang beharrlich die Farbe weggeschmirgelt hatten, bis nur noch einzelne blasse Fetzen übrig geblieben waren, hing schief wie ein morsches Scheunentor in ihren quietschenden Scharnieren.

Darüber wackelte ein verrostetes, kaum noch lesbares Schild mit einer gemalten Marionettenfigur, die so ausgeblichen war, dass sie sich wie ein Geist zu verabschieden schien. Die Reste der verwitterten Buchstaben ließen gerade noch erahnen, dass die Kinder vor einem Puppentheater standen. Von der schmutzigen Hauswand hätte man vermutlich noch Fingerabdrücke alter Ritter nehmen können, weil sie seit dem Mittelalter nicht mehr gestrichen worden war.

Auch Joanna verzog ärgerlich die Mundwinkel. Doch als das schiefe Scheunentor sich öffnete, verflog ihr mieser Gesichtsausdruck und wich einem strahlenden Glanz in ihren Augen. Auch

Finns Ärger verflog wie ein verfaulter Geruch im frischen Wind. Im Eingang wurden sie von einem alten Herrn begrüßt, der, so wie er da stand, ohne Kostüm und ungeschminkt in jedem Kinofilm als Zauberer hätte auftreten können.

Wellig graues Haar fiel ihm auf die Schultern. Sein Spitzbart bot eine passende Symmetrie zu seiner ebenso spitzen, langen Nase, auf der sich eine kleine, dünnrandige schwarze Lesebrille frei ohne Haltebügel erstaunlich in der Waage hielt. Sein Lächeln kuschelte sich direkt in Joannas Herz und schien sich dort für immer einen Platz gesucht zu haben.

»Das ist Jakubs Großvater«, erklärte Ondra leise. »Ihm gehört Marionettentheater!« Dann sagte er laut: »Hallo, Herr Svoboda!«

Der Mann winkte die Kinder zu sich heran, ohne sein Lächeln aufzugeben, und schlurfte zurück ins Innere des alten Hauses.

»Wir sollen folgen ihm«, sagte Ondra.

»Er kennt uns doch gar nicht«, wunderte sich Joanna.

»Er sich freut über jeden Besuch«, antwortete Ondra. »Aber besonders über den von Kindern.«

»Kinder?«, wiederholte Joanna empört.

Ondra kicherte leise. »Er ist neunzig und zwei. Im Vergleich zu ihm wir alle sind Kinder. So sieht er es jedenfalls.«

Ondra ging voran, um dem alten Mann zu folgen. Hinter ihm betrat Joanna das Theater. Finn blieb dicht an ihr dran. Erst dann kamen Vojta und Jakub.

»Übrigens, nichts er weiß von den Drogenverstecken«, flüsterte Ondra ihr noch zu.

Joanna zog eine Augenbraue hoch. »Verstecke? Es gibt also mehrere?«

»Pst!«, bat Ondra. »Später.«

Joanna wurde wieder bewusst, was sie eigentlich hierhergeführt hatte. Schlagartig verschlechterte sich ihre Stimmung.

Aber nur, bis sie am Ende eines kleinen Flures mit schummriger Beleuchtung durch einen dicken, samtroten Vorhang hindurchgeführt wurden. Joanna blieb stehen, riss Mund und Augen auf und stieß einen langen, verzückten Laut aus: »Ohhhhhhh!«

Ihr erster Blick fiel auf einen atemberaubend großen Kronleuchter, der von der Mitte der Decke hing und etwa dreißig Theatersitzplätze in ein warmes, gemütlich abgedimmtes Licht tauchte. Von jedem der wenigen, versetzt aufgestellten Sessel hatte man einen hervorragenden Blick auf die kleine Bühne, auf der ein Märchenschloss aufgebaut stand und zwei Marionetten schlaff in den Seilen hingen, als hätten die vergangenen Vorstellungen sie erschöpft. Im Hintergrund verwandelte ein Szenenbild mit klarem Sternenhimmel, Sichelmond und Sanddünenlandschaft die Bühne in eine Welt aus Tausendundeiner Nacht.

Während Joanna noch immer das märchenhafte Bühnenbild bestaunte, entdeckte Finn, dass die Wände zu beiden Seiten voll mit Marionetten behangen waren. Darunter waren eine Reihe von Figuren, die er bestens kannte, aber niemals in so einem kleinen Marionettentheater hinter der verfallenen Fassade vermutet hätte.

»Da hängt ja Mr Spock!«, rief er aus und wollte gerade dorthin zeigen, als er daneben schon R2D2, Spiderman und den Hulk erkannte. Auf der gegenüberliegenden Seite sah er Dracula, Michael Jackson und Indiana Jones.

»Wie cool ist das denn?«, schwärmte sie und zeigte auf eine Nachbildung von Lady Gaga.

»Ja«, bestätigte Ondra. »Die alle Herr Svoboda hat eingebaut schon mal in irgendwelche Stücke. Bei Kinder sie sind sehr beliebt. Aber leider kommen nur Schulklassen.«

»Wie?«, fragte Finn. »Keine Touristen?«

Ondra zog die Schultern hoch. »Die Touristen gehen in große Marionettentheater. Da werden verkauft die Karten über die Touristikagenturen. Das kann Herr Svoboda sich nicht leisten. Die Miete für dieses Haus steigt immer höher. Aber es wird nichts getan an dem Haus. Es verfällt. Das Theater hier steht kurz vor der ... wie heißt das ...?«

»Pleite?«, fragte Joanna nach und Ondra nickte.

»Das ist aber schade«, fand Finn.

Doch es war mehr als das. Jakub sollte nämlich später einmal das Theater übernehmen, berichtete Ondra. Nichts wünschte sich Jakub sehnlicher.

»Marionetten und Theater sind seine Leidenschaft, wie bei Großvater. Deshalb stehen wir auf Brücke. Die Figuren sind von hier. Wir spielen für Theater. Und für Jakub. Aber leider wir verdienen wenig.«

Joanna und Finn nickten traurig. Sie verstanden das Problem. Was sie noch nicht verstanden, war der Zusammenhang mit der verlorenen Puppe und dem Drogenversteck.

»Jakub glaubt, er nur hat eine Chance, um zu verdienen genug Geld für Theater«, erläuterte Ondra. »Er bietet hier Drogendepot. Dafür er bekommt viel Geld. Genug, um zu retten das Theater.«

Joanna und Finn rissen entsetzt die Augen auf. Sie konnten Jakubs Gründe zwar gut verstehen, aber gemeinsame Sache mit Drogendealern zu machen – das war eine Nummer zu groß. Und außerdem: Was hatten sie mit der ganzen Sache zu tun?

Ondra musste noch deutlicher werden: »In der Puppe, die ihr habt, sind versteckt Drogen. Wenn wir nicht wiederfinden die Puppe, die Drogenbosse denken, wir sind Diebe. Du verstehst?«

Joanna schüttelte den Kopf. »Nicht ganz.«

»Es gab hier in der Nähe eine kleine Eiscafé«, erklärte Ondra. »Der Besitzer auch hatte Geschäft mit Drogendealer. Eines Tages ihm fehlten ein paar Drogen. Er sie verloren wohl versehentlich in Mülltonne. Vor einem Jahr war das.«

»Und?«, fragte Joanna.

»Zwei Wochen später das Eiscafé ist komplett ausgebrannt. Brandstiftung.«

Joanna verschlug es den Atem. »Du meinst …?« Sie ließ ihren Blick durch den wunderschönen alten Theaterraum gleiten, in dem jedes Detail liebevoll von Hand angefertigt und angebracht worden war.

»Ich meine, wir müssen dringend wiederfinden die Puppe!«, beendete Ondra seinen Satz. »Mit eurer Hilfe! Denn die Spur endet bei euch.«

Joanna und Finn schauten sich mit ernsten Mienen an. Niemals durften sie sich auf so eine Sache einlassen. Andererseits: Sollten sie sich mitschuldig machen, dass das Theater bald vielleicht schon nicht mehr existierte?

Ondra setzte noch einmal nach: »Eigentlich ihr habt keine Wahl. Ihr seid auch im Blick von Drogenhändler. Sie haben eingebrochen bei euch.«

»Moment mal!«, entrüstete sich Joanna. »Das war doch Jakub!«

Ondra widersprach: »Aber nicht allein. Genau genommen er ist nur mitgegangen. Er hat gesagt den Dealern, dass ihr besitzt nun die Puppe. Deshalb zwei Männer sind gegangen mit ihm in Hotel und haben eingebrochen euer Appartement. Jakub sollte suchen dort die Puppe. Er hat nichts gefunden. Die Dealer glauben, Jakub vielleicht hat gelogen. Nun er hat ein wenig Aufschub in der Zeit. Er muss besorgen die Puppe bis heute 20 Uhr!«

»Das ist ja gleich!« Joanna blickte zu einer wunderschönen, großen Kuckucksuhr, die über dem Ausgang des Theaterraums hing. Sie zeigte auf 19 Uhr 30. »Die funktioniert doch, oder?«

Ondra nickte. »Wahrscheinlich Jakub schafft Aufschub noch einmal. Vielleicht bis morgen Abend. Aber spätestens zum Konzert die Puppe muss da sein. Denn dort die Drogen sollen verkauft werden!«

»Auf dem Konzert?«, quiekte Joanna los. »Drogen!!??«

»Was denkst du?«, wunderte sich Ondra über Joannas Reaktion.

Endlich meldete sich auch Finn mal zu Wort. »Selbst wenn wir versuchen würden, euch zu helfen …«

»Ihr helft euch auch selbst!«, unterbrach Ondra ihn.

»Ja, ja …«, räumte Finn ein. »Aber wo sollen wir anfangen zu suchen? Wir haben doch selbst keinen Schimmer, wer die Puppe mitgenommen hat und wo sie sich jetzt befindet.«

»Ihr könnt es herausbekommen«, beharrte Ondra. »Euren Vater fragen. Noch mal fragen in der Praxis. Den Rest wir machen gemeinsam.«

Finn warf seiner Schwester einen Blick zu.

»Wir können es versuchen«, entschied Joanna. »Aber danach wollen wir mit dem Drogenkram nichts mehr zu tun haben. Kapiert?«

»Danach Jakub steigt aus. Das er hat schon versprochen sowieso. Wegen seines Opas. Das kann er ihm nicht antun, dass er setzt die Existenz des Theaters aufs Spiel, weil er arbeitet mit Kriminellen.«

»Also gut!«, schlug Joanna ein. »Wir versuchen es. Aber eines noch: Wie ist die Puppe überhaupt zu dem Ehepaar gekommen, bei dem Finn sie gefunden hat?«

Nun kam Jakub einen Schritt hervor. Er sprach kaum Deutsch und erklärte es deshalb Ondra, der für ihn übersetzte: »Sein Opa verkauft manchmal Figuren an Touristen, die er braucht nicht mehr. Auch das ist kleine Einnahme für das Theater. Das Ehepaar wollte kaufen die Puppe. Mein Opa hat sie ihm gegeben, weil er nichts wusste von dem Inhalt. Er wusste nicht mal, woher kam die Puppe. Jakub hat das mitbekommen. Aber zu spät, um zu verhindern den Verkauf. Dann ist er gefolgt dem Ehepaar. Den Rest wisst ihr.«

Joanna kaute auf ihrer Unterlippe herum, woran Finn sofort erkannte, dass sie angestrengt nachdachte. Doch sie sagte nur: »In Ordnung. Wir treffen uns morgen um zehn an der Brücke, okay?«

»Okay!«

Joanna und Finn mussten dringend zurück ins Hotel. Und sie beide hatten kein gutes Gefühl bei dem Abenteuer, auf das sie sich gerade eingelassen hatten.

Spurensuche

Finn hatte die halbe Nacht nicht geschlafen. Immer wieder musste er daran denken, was ihnen bevorstand. Sie mussten diese verdammte Puppe wiederfinden, nicht nur um das schöne Marionettentheater zu retten, sondern auch um sich selbst zu schützen. Denn längst hatten die Kriminellen seine Familie im Visier.

Unruhig wälzte Finn sich von einer Seite auf die andere. Jedes kleinste Geräusch ließ ihn hochschrecken. Waren die Drogendealer gekommen, um ihre Puppe zurückzufordern? Seine Befürchtungen entstanden nicht im luftleeren Raum. Schon einmal hatten er und seine Schwester miterleben müssen, wie ihr Vater entführt worden war, der ein wertvolles verschollenes Gemälde gefunden hatte. Konnte nicht Ähnliches geschehen, weil sie nun die Puppe verloren hatten?

Finn machte sich Vorwürfe. Er hätte die Puppe nicht seinem Vater übergeben dürfen. Dann hätte Jakub ihn kurz darauf angesprochen, er hätte ihm die Puppe gegeben und alles wäre in Ordnung gewesen. Sie hätten sogar nie etwas von dem brisanten Inhalt der Puppe erfahren. Aber so …

Finn schreckte auf. War da nicht wieder ein Geräusch gewesen? Schritte? Da sah er, dass sich ein Schatten auf ihn zubewegte! Finn stieß einen kurzen Schrei aus und zog sich die Bettdecke bis zum Kinn.

»Was ist los?«, fragte Joanna, die von der Toilette kam.

Finn atmete tief durch. »Mann, hast du mich erschreckt!«

Joanna krabbelte in ihr Bett zurück, das von Finns nur durch ein Nachtschränkchen getrennt war.

»Ich kann überhaupt nicht schlafen«, gestand er.

»Geht mir ähnlich«, sagte Joanna. »Ich grüble die ganze Zeit über dieses Ehepaar.«

»Wieso?«, wunderte sich Finn.

»Das ist doch wirklich ein seltsamer Zufall«, erklärte Joanna. »Überall gibt es Marionetten zu kaufen. Dieses Ehepaar kauft ausgerechnet bei Jakubs Opa, obwohl das Haus doch von außen aussieht wie eine Ruine, in die man sich gar nicht hineintraut. Kein Schild weist darauf hin, dass man dort Puppen kaufen kann. Aber dieses Touristenehepaar spaziert fröhlich in das alte Gebäude hinein, findet ein komplettes Theater voller Puppen vor und sucht sich genau diese eine spezielle Puppe aus?«

»Mmmh«, grübelte Finn. »Jetzt, wo du es sagst … Da hingen so viele coole Puppen. Ich hätte mir eher Spiderman ausgesucht oder so, aber einen Wassermann?«

»Eben«, ergänzte Joanna. »Aber selbst wenn ihnen genau diese Figur am besten gefallen haben sollte – an keiner der Marionetten hing ein Preis- oder Verkaufsschild. Wie kamen die überhaupt darauf, dass man in dem Theater Puppen kaufen kann?«

»Vielleicht hat Jakubs Opa sie dem Ehepaar von sich aus angeboten«, vermutete Finn.

Doch Joanna winkte ab. »Und warum dann ausgerechnet diese?«

»Was willst du damit sagen?«, fragte Finn. »Dass Jakubs Opa doch von der Sache wusste?«

»Nein, im Gegenteil!«, lautete Joannas Erklärung. »Ich könnte mir vorstellen, dass das Ehepaar genau wusste, was sie da kauften. Die waren nicht per Zufall dort!«

»Boah!«, machte Finn. »Das ist keine schlechte Vermutung. Wieso sind die anderen nicht darauf gekommen?«

Joanna zuckte mit den Schultern. »Keine Ahnung. Muss ja auch nicht stimmen. Aber ich denke, morgen sollten wir das Ehepaar mal ein bisschen unter die Lupe nehmen.«

»Wie denn?«, fragte Finn. »Und wo?«

Joanna zog einen kleinen Zettel unter dem Kopfkissen hervor. »Jakub hat denen doch wie mir das Portemonnaie geklaut, um nach der Adresse zu suchen. Er brauchte sie dann nicht mehr, weil er dich mit der Puppe gesehen hat. Aber die Adresse hatte er noch. Und hat sie mir gegeben. Die wohnen nicht weit von uns: im Grand Praha, Staroměstské náměstí 22. Wir sollten denen morgen auflauern und ihnen nachgehen. In aller Frühe.«

»In aller Frühe?«, wiederholte Finn. »Woher willst du wissen, ob die früh aus dem Haus gehen?«

Joanna stieß einen Seufzer aus. »Wenn wir früh da sind, erwischen wir sie auch, wenn sie spät gehen, du Schlaukopf. Aber wenn wir zu spät kommen, sind sie weg. Capito?«

»Jasně!«, antwortete Finn auf Tschechisch und kicherte, als Joanna ihn verdutzt ansah. Der Blick in sein Lexikon während des Flugs hatte sich gelohnt. Doch dann fiel ihm noch ein: »Und Mama und Papa? Was machen wir mit denen?«

»Die wecken wir früh«, sagte Joanna. Und jetzt war sie es, die kicherte. »Sehr, sehr früh!«

Finns Vater sprang aufgeregt aus dem Bett, als Joanna bereits um sieben Uhr neben seinem Bett stand und an ihm rüttelte.

Im ersten Moment dachte er an einen Feueralarm. Und erst im zweiten, dass etwas mit Finn und Joanna passiert sein könnte. Seine Befürchtung schien sich zu bestätigen, als er erkannte, dass seine beiden Kinder fertig angezogen und mit gefülltem Rucksack ausgestattet vor ihm standen.

»Was ist passiert?«, fragte er entsetzt. Mit einem Seitenblick auf seine noch schlafende Frau drosselte er seinen Ton.

»Wir können nicht mehr schlafen!«, flüsterte Finn.

Er sah, wie jegliche Anspannung von seinem Vater abfiel.

»Das ist nicht euer Ernst!«, hauchte der nur.

»Ihr könnt ruhig weiterschlafen«, beteuerte Joanna sofort. »Wir gehen schon mal ein bisschen um den Block. Okay?«

»Schon wieder allein?«, wandte ihr Vater ein. »Aber ...«

»... gestern Abend hat das auch super geklappt«, unterbrach ihn Joanna. »Das musst du zugeben!«

Vater seufzte und warf einen zweiten Blick zu seiner Frau, die noch immer fest schlief. Die Schmerztabletten, die sie wegen ihrer Verletzung eingenommen hatte, sorgten wohl auch für einen guten Schlaf.

»Aber eure Mutter wird ...«

»... das bestimmt verstehen, wenn du es ihr erklärst, Papa. Ich bin mir sicher!«

»Aber ...«, unternahm ihr Vater einen neuen Versuch, zu Wort zu kommen.

»Danke, Paps!« Joanna drückte ihm ein Küsschen auf die unrasierte Wange. »Bis später!«

»Um elf sind wir zurück!«, rief Finn ihm noch leise zu, aber erst als sie schon so weit entfernt waren, dass ihr Vater ihnen keine andere Uhrzeit mehr mit auf den Weg geben konnte. Der schüttelte den Kopf, stieß einen noch tieferen Seufzer aus und ließ seinen Kopf ins Kissen fallen.

»Du hast es echt gut drauf mit Papa«, musste Finn anerkennen.
»Eine Übung aus der Zeit in Florenz«, erklärte Joanna. »Da hab ich ihn studiert. Wenn ich ›Paps‹ sage, wird er immer weich.«

Finn lachte, bis sie unten am Hotelausgang angekommen waren. »Wollen wir nicht erst frühstücken?«, fragte er. »Ich hab Hunger.«

Auch Joanna spürte ihren Magen grummeln. »Geht mir auch so. Aber wir haben keine Zeit. Wir holen uns im Frühstücksraum ein paar Brötchen und Äpfel zum Mitnehmen, okay?«

Kurze Zeit später standen sie vor dem Grand Praha Hotel. Es befand sich an einem wunderschönen Marktplatz, umsäumt von alten Prunkgebäuden, unweit des Altstädter Rathauses mit seiner berühmten astronomischen Uhr. Etliche Cafés hatten ihre Tische und Stühle auf dem Marktplatz aufgebaut. Aber öffentliche Sitzplätze, auf denen man nicht sofort etwas bei einem Kellner bestellen musste, gab es nicht. Finn und Joanna setzten sich deshalb einfach auf zwei Poller, die den mit Kopfstein gepflasterten Marktplatz von der Straße trennten, und behielten den Eingang des Hotels im Auge, was nicht so einfach war, weil auch der mit zahlreichen Tischen und Stühlen des Hotel-Restaurants zugestellt war.

Es herrschte reger Touristenbetrieb auf dem Platz. Zahlreiche Gruppen betraten das Hotel, um die imposante Eingangshalle zu fotografieren. Das machte es erheblich schwerer, das Ehepaar nicht zu übersehen, wenn es denn tatsächlich zu dieser Zeit das Hotel verlassen sollte.

»Bist du dir wirklich sicher, dass du sie wiedererkennst?«, fragte Joanna skeptisch.

Sie selbst hatte das Paar gar nicht wahrgenommen, weil Finn ihr erst später erzählt hatte, woher er die Puppe hatte. Finn aber war sich sicher. Er hatte das streitende Ehepaar so intensiv beobachtet, dass er die beiden selbst in anderer Kleidung wiedererkennen würde.

»Der da?« Joanna zeigte auf einen Touristen in einem beigefarbenen Anzug, der gerade das Hotel verließ.

Finn schüttelte den Kopf. »Der Mann, den wir suchen, ist nicht so elegant gekleidet. Der sah aus wie ein typischer Tourist.«

Finn und Joanna kannten das bevorzugte Aussehen von Touristen bereits aus Florenz: im Sommer Sandalen, Socken und Shorts mit vielen Taschen, meistens beige. Dazu nicht selten ein buntes Hemd oder ein Poloshirt, das sich über dem Bauch spannte, obwohl es locker über der Hose getragen wurde. Die Farbe suchte in der Regel die Ehefrau aus, deshalb war das Outfit gern auch mal in pastellfarbenen Tönen. Gekrönt oft von einem kleinen Hütchen, entweder aus Stroh aus dem Touristikladen oder ein Baseballcap von zu Hause.

Auch ein Rucksack musste sein, weil Touristen selbst bei dreißig Grad und blankem, blauem Himmel einen Regenschirm mitnahmen, und eine Gürteltasche, in der sie ihr Portemonnaie und das Handy sicher aufbewahrt glaubten. Die Foto- oder Videokamera wurde extra um den Hals gehängt. Immer häufiger waren Ehepaare zu sehen, bei der die Frau eine Stadtkarte ausgebreitet vor sich hertrug, während der Mann schimpfend auf einem Smartphone-Navi herumtippte.

»Aber der ist es!«

Finn zeigte auf einen Mann, der wenigstens zu drei Viertel auf die Beschreibung passte, die er sich gerade in Gedanken vom typischen Touristen gemacht hatte.

»Bist du sicher?«

»Ja klar!«

Finn sprang vom Poller auf und wollte dem Mann gleich nachgehen. Joanna hielt ihn zurück.

»Warte einen Moment! Vielleicht würde er dich auch wiedererkennen«, warnte Joanna. »Lieber ein bisschen Abstand halten.«

»Okay.«

»Wieso ist er allein? Wo ist seine Frau?«, fragte Joanna.

»Weiß ich doch nicht!«, antwortete Finn. »Los jetzt, sonst verlieren wir ihn aus den Augen.«

»Touristenpaare gehen doch immer zu zweit«, setzte Joanna noch mal nach. Ihr ließ das keine Ruhe.

»Oh Mann, lass doch die Frau. Komm jetzt!«, drängelte Finn.

Nun erhob sich auch Joanna langsam vom Poller, damit sie beide in gebührendem Abstand dem Mann folgen konnten.

»Was ist, wenn er einfach nur einen Espresso trinken geht und die Frau währenddessen krumme Dinge macht?«, fragte Joanna.

»Dann haben wir Pech gehabt«, antwortete Finn. »Aber der Mann ist jetzt hier. Wer weiß, ob die Frau heute überhaupt das Hotel verlässt. Vielleicht hat die sich genau wie Mama auf dem Kopfsteinpflaster den Fuß verknackst!«

»Ts!«, stieß Joanna aus. »Das glaubst du doch selbst nicht.« Aber sie nahm weiter mit ihrem Bruder die Verfolgung auf.

Der Mann bog um die nächste Ecke und betrat einen kleinen Laden. Finn und Joanna postierten sich etwas weiter weg auf der gegenüberliegenden Straßenseite.

»Was versprichst du dir eigentlich von dieser Verfolgung?«, fragte Finn.

Joanna wusste es selbst nicht. »Es ist nur so ein Gefühl«, gestand sie. »Mit dem Ehepaar stimmt etwas nicht. Erst kaufen die an einem ungewöhnlichen Ort eine ungewöhnliche Puppe. Dann verlieren sie die. Und jetzt geht der Mann auch noch ohne seine Frau durch Prag. Das sind doch nie und nimmer gewöhnliche Touristen!«

»Was sollen die denn sonst sein?«, widersprach Finn. »Die

werden sich kaum bewusst Drogen kaufen, um sie dann auf der Straße liegen zu lassen.«

»Wie gesagt«, wiederholte Joanna. »Ich weiß es nicht. Aber ich sage dir, da stimmt etwas nicht.«

»Na toll!«, meckerte Finn. »Schade, dass sich bei Ondra und Vojta dein Gefühl nicht gemeldet hat. Sonst würden wir jetzt nicht so im Schlamassel stecken.«

»Wir stecken im Schlamassel, weil du eine fremde Puppe erst an dich genommen und dann verloren hast!«, stellte Joanna klar. »Also nun jammere nicht. Da, er kommt wieder aus dem Geschäft heraus!«

Der Mann trug nun eine Zeitung unter dem Arm und setzte seinen Weg fort. Nicht zügig, aber schneller, als ein normaler Tourist gehen würde, der sich alles zum ersten Mal ansah. Auffällig war auch, dass er weder eine Kamera bei sich trug noch mit einem Smartphone irgendetwas aufnahm. Höchst verdächtig! Denn einen Touristen, der durch diese historische Altstadt ging, ohne etwas zu fotografieren, gab es praktisch nicht.

Zielgerichtet folgte der Mann weiter der langen Prachtstraße Staroměstské náměstí, in der auch sein Hotel lag, ohne die eindrucksvollen Bauten, die diese Straße säumten, auch nur eines Blickes zu würdigen. Dann überquerte er den Platz Malé náměstí, bog links um die Ecke, wo die Malé náměstí in die Einkaufsstraße Karlově einmündete, und ging an zahlreichen kleinen Lädchen vorbei, die auf Finn und Joanna durch die grünen und rosafarbenen historischen Bauten wie eine Filmkulisse wirkten.

Doch vor keinem dieser niedlichen kleinen Geschäfte blieb der Mann stehen. Dass ihn der Touristenramsch nicht interessierte, der hier zuhauf angeboten wurde, konnten die Geschwister nachvollziehen. Merkwürdig blieb es trotzdem. Aber es gab auch eine Menge Läden, die durchaus die Aufmerksamkeit anspruchsvollerer Touristen erwecken konnten: kleine Juweliergeschäfte, Antiquitätenhändler, Boutiquen oder auch nur ein Café mit leckerem, süßem Gebäck.

Für Joanna und Finn war das keine Frage: Der Mann wusste, wohin er wollte. Und er verlor keine Zeit, sein Ziel zu erreichen. Allerdings ging er weiterhin ohne Hast. Wo würde der Mann letztendlich stehen bleiben? Finn fragte sich außerdem immer noch insgeheim, weshalb sie diesen Mann überhaupt verfolgten. Er versprach sich davon nichts, vermutete aber gleichzeitig, dass seine Schwester wohl recht behalten würde. Dieser Typ war niemals ein normaler Tourist! Wie ein Geschäftsmann sah er aber auch nicht aus. So kleideten sich Geschäftsleute einfach nicht. Da stimmte Finn seiner Schwester zu.

»Vielleicht gibt sich der Mann nur als Tourist aus«, vermutete Finn. »Als Tarnung!«

»Tarnung?« Joanna blieb kurz stehen. »Und was ist er in Wirklichkeit? Geheimagent oder was?«

»Wieso nicht?«, fragte Finn und erntete einen verächtlichen Blick seiner großen Schwester.

»Zu viel Comics gelesen oder wie, Bruderherz?«, fragte sie.

Finn verzog die Mundwinkel. ›Wer hat denn diese Verfolgung vorgeschlagen?‹, fragte er sich, schwieg aber. Er verspürte keine Lust auf einen Streit mit seiner Schwester. Sie würden ja hoffentlich bald das Geheimnis um diesen Mann lösen.

Weil der gerade stehen blieb und sich umschaute, stieß Joanna schnell eine Warnung aus. Finn versteckte sich hinter einem Postkartenständer, Joanna vergrub ihren Kopf zwischen ein paar Handtaschen, die vor einem Laden an einem Ständer baumelten.

»Ist er noch da?«, fragte sie zu Finn hinüber, der an den Postkarten vorbei einen besseren Blick hatte als sie.

»Er dreht uns wieder den Rücken zu«, gab Finn Entwarnung.

Joanna zog ihren Kopf wieder hervor und schaute dem Mann nach, der seinen Weg fortsetzte.

»Wonach hat er sich umgesehen?«, fragte sie.

Finn hatte keine Idee.

Beide folgten dem Mann weiter die schmale Jilská-Gasse hinunter bis ans Ende, dann links in die Einbahnstraße, wo die Häuser immer moderner, schlichter und trister wurden. An der Art der Läden war erkennbar, dass hier offenbar ein ärmerer Stadtteil begann: Billig-Elektronikläden, ein kioskähnlicher Laden und neben einem Antiquitätenhändler gab es sogar ein Erotikgeschäft. Für Joanna ein untrügliches Zeichen, dass sie in einer nicht besonders guten Gegend angekommen waren. Unsicher schaute sie sich um.

»Hoffentlich ist der Typ bald mal dort, wo er hinwill«, sagte sie.

Finn ging es ähnlich. Wenn seine Eltern wüssten, wo sie sich gerade herumtrieben! Und viel Zeit blieb ihnen auch nicht mehr. Schließlich mussten sie rechtzeitig zurück sein, damit ihre Eltern nicht argwöhnisch wurden.

Sie passierten ein Restaurant, überquerten die nächste Straßenkreuzung, an der die Fassaden schon wieder einen freundlicheren Eindruck hinterließen, und gelangten in ein Gebiet, welches mehr und mehr einer üblichen, modernen Großstadt glich. Moderne Parfümerien, Boutiquen, mehrspuriger, lauter Autoverkehr, verbunden mit kurzen Fußgängerzonen. Sie hatten die Altstadt eindeutig verlassen.

Endlich blieb der Mann vor einem kleinen Altbau stehen, der zwischen all den neuen Gebäuden eingepfercht war. Ein hübscher kleiner Eingang mit einem Giebel und zwei kugelförmigen antiken Wandleuchten erweckten den Eindruck, als beherbergte dieses Haus ein kleines privates Museum, eine außergewöhnliche Sammlung für Liebhaber möglicherweise, weshalb der Mann allein, ohne seine Ehefrau gegangen war. Joanna befürchtete schon, die ganze Zeit vielleicht einem Fan von Spielzeugeisenbahnen gefolgt zu sein, als Finn sie an die Schulter tippte und auf ein kleines, unscheinbares Schild wies, das hoch über dem Eingang, fast schon im ersten Stock, hing:

POLICIE

»Policie!«, las Joanna laut vor. »Polizei? Der Typ geht zur Polizei?«

Tatsächlich betrat der Mann die Polizeistation.

Joanna war ratlos. Dies bedeutete zwar, dass sie recht hatte und der Mann wirklich irgendetwas mit dem Fall der Marionette zu tun hatte. Aber was? Wenn er selbst zur Polizei ging, würde er wohl kaum zum Täterkreis gehören, wie Joanna eigentlich vermutet hatte.

»Der will ja wohl nicht den Verlust seiner Puppe melden?« Auch für Finn stellte der Mann ein großes Rätsel dar.

Joanna schüttelte den Kopf. »Er weiß doch, dass du die Puppe hast. Sie wollten doch zum Hotel kommen und sie abholen. Das hat er bisher aber nicht getan. Weshalb geht er zur Polizei? Das würde er wohl kaum tun, wenn er wüsste, dass in der Puppe Drogen versteckt sind. Und wenn er es nicht weiß, ist die Marionette es kaum wert, ihren Verlust zu melden.«

»Und wenn bei denen jemand eingebrochen ist wie bei uns?«, fragte Finn. »Und nun zeigt er den Einbruch an?«

»Dann wäre die Polizei in sein Hotel gekommen«, widersprach Joanna. »Und außerdem: Die Täter wissen doch, dass er die Puppe nicht mehr hat. Sonst wären sie nicht bei uns eingebrochen.«

Wie sie es auch drehten und wendeten, sie konnten sich nicht erklären, weshalb der Mann zur Polizei gegangen war. Leider sahen sie auch keine Möglichkeit, ihm nachzugehen und ihn zu belauschen, um herauszubekommen, was er hier wollte.

»Und was machen wir jetzt?«, fragte Finn.

Joanna zuckte mit den Schultern. »Am besten gehen wir zurück ins Hotel. Mama und Papa warten. Und bei nächster Gelegenheit erzählen wir es Ondra. Vielleicht können er und die anderen sich erklären, was der Mann hier wollte.«

»Okay!« Finn war sofort einverstanden. Ihm wurde ohnehin langsam mulmig bei der ganzen Angelegenheit. Er war froh, bald seine Eltern wieder zu treffen. Denn er ahnte ja noch nicht, wo er seinen Vater in Kürze wiedersehen würde.

Verhaftet!

»Er ist WAS???«

Joanna hatte sehr genau verstanden, was ihre Mutter ihnen soeben mitgeteilt hatte. Sie konnte es nur einfach nicht glauben. Während sie gemeinsam mit Finn dem seltsamen Mann gefolgt war, hatten zwei Polizisten ihren Eltern im Hotel einen Besuch abgestattet und ihren Vater »vorübergehend festgenommen«.

»Wieso?«, fragte Joanna. »Und weshalb hast du uns nicht angerufen?«

»Es ist eben erst passiert!«, rechtfertigte sich ihre Mutter. »Die sind gerade fünf Minuten fort. Fast hättet ihr sie noch unten auf der Straße gesehen!«

Auch Finn stand immer noch unter Schock. Er kam sich vor wie in einem schlechten Film. Nur dass es keine Fernbedienung gab, mit der man schnell auf ein anderes Programm hätte umschalten können.

»Und wieso bist du nicht mitgefahren?«, fragte er.

Seine Mutter sah ihn erstaunt an: »Ich kann euch doch nicht allein hier zurücklassen!«

»Aber wieso …?«, hakte Joanna nach.

»Die Polizisten sagten etwas von Drogenverdacht!«, erzählte ihre Mutter, noch immer sichtlich fassungslos. »Das müsst ihr euch mal vorstellen: Papa und Drogen! Als ob der hierher mit seiner Familie in den Urlaub fahren würde, um nebenbei mit Drogen zu handeln. Also wirklich!« Aus ihrer Stimme sprach die pure Empörung. »Dann haben sie noch das halbe Hotelzimmer auf den Kopf gestellt und gefragt, ob wir eine Marionette besitzen würden!«

Joanna und Finn wechselten nur kurz Blicke. Unausgesprochen waren sie sich einig, ihrer Mutter nichts von allem zu erzählen, was sie wussten. Vorerst nicht. Erst einmal mussten sie sich untereinander beraten.

»Es geht aber auch mit dem Teufel zu!«, schimpfte ihre Mutter. »Dass ich mir ausgerechnet jetzt den Fuß verstauchen musste!«

Joanna und Finn kannten die wahren Zusammenhänge. Ohne die Verletzung ihrer Mutter wäre es vielleicht nie dazu gekommen, dass sie ihrem Vater die Puppe mitgegeben hätten. Vermutlich hätten Vojta oder Ondra ihnen dann die Marionette schnell wieder abgenommen, sie hätten niemals etwas von dem brisanten Inhalt erfahren und ihr Vater wäre dann jetzt auch nicht mitgenommen worden. Die Verletzung ihrer Mutter war der Beginn einer Verkettung unglücklicher Umstände gewesen.

»Ich hab schon versucht, das Konsulat zu verständigen«, erklärte ihre Mutter. »Ich hoffe, über die bekommen wir sofort einen Anwalt, der Papa schnell aus dem Gewahrsam wieder herausholt. Das Ganze kann ja nur ein Missverständnis sein!«

»Bestimmt!«, pflichtete Joanna ihr wider besseres Wissen bei.

»Gewahrsam?«, fragte Finn.

Ein seltsames Wort für Gefängnis, fand er. Seine Mutter erläuterte ihm den Unterschied.

»Ins Gefängnis oder in Untersuchungshaft kommt man nur durch einen richterlichen Beschluss. Aber die Polizei kann jemanden vorläufig festnehmen und eine Weile festhalten. In der Zeit muss dann ein Richter entweder einen Haftbefehl ausstellen oder die Person wieder laufen lassen. So ist es jedenfalls in Deutschland. Aber ich nehme an, hier in Prag wird es nicht sehr viel anders sein. Papa sitzt also im Moment zur Vernehmung auf der Wache fest. Wartet, ich habe aufgeschrieben, wo.«

Sie griff nach einem Zettel, der auf dem Tisch lag, und reichte ihn Finn.

»Kannst du mal im Internet nachschauen, wie weit das von hier entfernt ist?«

Ein einziger Blick auf den Zettel genügte, und Finn wusste sofort, wo sich die Polizeistation befand, in die man seinen Vater brachte. Er und seine Schwester kamen eben von dort! Finn atmete tief durch und reichte Joanna den Zettel.

»Machen wir!«, versprach er leise.

»Gut!«, dankte ihm seine Mutter. »Ich will noch mal versuchen, jemanden im Konsulat zu erreichen.«

»Wir gehen in unser Zimmer und schauen nach«, sagte Joanna und zog Finn mit sich, hinüber in ihr eigenes Zimmer. Kaum dort angekommen, flüsterte sie ihrem Bruder zu: »Wir müssen Ondra und Vojta informieren. Sofort!«

Finn war davon allerdings nicht überzeugt. »Wieso denn?«, fragte er. »Meinst du nicht, wir sollten Mama alles erzählen? Die kann es dann dem Anwalt sagen und Papa kommt sofort wieder frei. Den Rest kann dann die Polizei übernehmen!«

»Ach ja?«, widersprach Joanna. »Und wie willst du beweisen, dass das Ehepaar die Puppe verloren hat und du sie ihnen nur bringen wolltest? Wie soll Papa nachweisen, dass er nichts vom Inhalt der Puppe wusste und sie beim Arzt vergessen hat?«

Joanna setzte sich aufs Bett, schnappte sich die Flasche Wasser, die daneben auf dem Boden stand, und nahm einen großen Schluck. Sie wischte sich den Mund mit der Handfläche ab und reichte ihrem Bruder die Flasche, der sie dankend annahm und ebenfalls trank. Die Verfolgung des Mannes hatte durstig gemacht.

»Wenn sie Papa verhaftet haben, dann haben sie ihn beobachtet«, kombinierte Joanna. »Dann müssen die alles gesehen haben: wie du die Puppe genommen und sie Papa gegeben hast. Denn anders könnten sie gar nichts von der Puppe wissen.«

»Na also!«, antwortete Finn zufrieden. »Aber eben hast du doch noch gesagt, wir können es nicht beweisen. Aber wenn sie es selbst gesehen haben, kennen sie doch die Wahrheit.«

»Dann legen sie diese anders aus!«, vermutete Joanna. »Sie glauben uns nicht, dass wir nichts von den Drogen wussten, sondern denken, wir hätten sie ganz bewusst gekauft. Als du die Puppe an dich genommen hast, muss es für sie ausgesehen haben wie die Übergabe der Ware!«

»WAS?«, entrüstete sich Finn. »Spinnst du?«

»Ich nicht, aber die Polizei!«, meinte Joanna.

Finn kratzte sich am Kopf. »Ausgerechnet wir sollen eine Familie von Drogenkäufern oder Dealern sein? Das ist doch idiotisch!«

»Ja!«, bestätigte Joanna. »Aber anders ist die Festnahme von Papa nicht zu erklären, oder?«

Finn hatte keine Ahnung. Er wusste nur, die Sache wuchs ihm über den Kopf. Nach wie vor war er dafür, seinen Eltern und der Polizei alles zu erzählen. »Wenn die uns beobachtet haben, dann haben die auch Fotos von uns gemacht, die sie Papa zeigen. Und dann weiß er sowieso alles!«

Doch erneut widersprach Joanna. »Nichts weiß er. Nur, dass

du die Puppe genommen hast. Klar, du hast sie ihm ja selbst übergeben. Aber Papa hat doch keine Ahnung, was sich in der Puppe befindet. Schon gar nicht, dass wir beide es wissen. Und auch nicht, dass jemand unser Hotel-Appartement danach untersucht hat.«

»Ja, eben!«, beharrte Finn. »Das können wir doch erzählen. Und Jakub muss alles zugeben, was er weiß, und bezeugen, dass wir damit nichts zu tun haben!«

»Und wenn Jakub sich weigert?«, setzte Joanna dagegen.

»Das darf er nicht!«, rief Finn aus.

Joanna legte den Finger auf ihre Lippen.

»Pssst! Mama!«

Sie zeigte mit einem Kopfnicken hinüber zum anderen Zimmer, in dem ihre Mutter noch immer versuchte zu telefonieren.

Finn sprach nun deutlich leiser: »Wir müssen mit ihm reden!«

Joanna nickte: »Und was hatte ich gerade gesagt? Wir müssen mit Ondra und Vojta sprechen! Schön, dass du es jetzt auch kapiert hast!«

Finn gab sich geschlagen. »Na schön«, räumte er ein. »Dann ruf ihn an.«

Joanna griff nach ihrem Smartphone, als ihre Mutter sich von nebenan meldete: »Ich hab jetzt endlich jemanden erreicht!«

Joanna legte ihr Handy zurück und ging zusammen mit Finn zurück ins Elternzimmer. Ihre Mutter berichtete, dass sie sich für eine halbe Stunde später mit einem deutschen Anwalt in der Polizeistation verabredet hatte.

»Sie sagen, ich werde wohl nicht mit Papa sprechen können, aber der Anwalt. Ich rufe jetzt ein Taxi, dann können wir los!«

»Wir?«, fragte Joanna.

»Natürlich! Wir fahren zusammen. Was denkt ihr denn? Habt ihr nachgesehen, wie weit es bis zur Station ist?«

»Nur ein paar Minuten!«, versicherte Joanna. Sie kannten den Weg ja.

Knapp zwanzig Minuten später standen sie wieder vor der Polizeiwache. Finn und Joanna halfen ihrer Mutter beim Aussteigen aus dem Taxi und stützten sie auch, als sie in die Polizeiwache hineingingen und ihre Mutter auf einer Sitzbank gegenüber von einem alten, wuchtigen Holztresen absetzten. In einiger Entfernung dahinter saßen zwei Uniformierte an ihren Schreibtischen. Einer von beiden tippte etwas eifrig in einen Computer, wobei ihm ein dritter Mann in Zivil über die Schulter schaute und diktierte, was er schreiben sollte.

Finn stockte der Atem. Ihm lief es eiskalt den Rücken hinunter. Dort stand »der Ehemann« aus dem Hotel, den sie vorhin noch bis hierhin verfolgt hatten! Was machte der denn hier hinter dem Tresen der Polizeistation?

Schnell wollte Finn sein Gesicht in seinem Kragen verbergen, um nicht erkannt zu werden. Aber er trug keinen Kragen, sondern nur ein T-Shirt. So drehte er sich eilig mit dem Rücken zum Tresen und tippte seine Schwester an.

Die hatte den Mann ebenfalls schon erspäht. Allerdings machte sie sich keine Sorgen, von ihm erkannt zu werden. Denn nur Finn hatte das Ehepaar in dem Restaurant angesprochen und von der Puppe erzählt. Joanna hatte abseits an der Tür auf Finn gewartet. Sie glaubte nicht, dass der Mann sie dabei gesehen hatte.

Wenn er allerdings zur Polizei gehörte, und so schien es in diesem Augenblick, dann hatte er die Familie beschatten lassen und würde auch Joanna erkennen. Also vermied auch sie den Blickkontakt zu dem Mann und überlegte, wie sie sich verhalten sollten.

Der Anwalt der Eltern trat an den Tresen und stellte sich vor. Eine gute Gelegenheit für Joanna und Finn, sich im Hintergrund zu halten, aber doch nah genug, dranzubleiben, um alles mitzu-hören. Doch nützte ihnen das recht wenig. Der »Ehemann« löste sich von seinem Kollegen und dessen Computer und stellte sich als Hauptkommissar Riesling von der Drogenfahndung Frank-furt vor. Er sei in Prag, um die sogenannte »Operation Ottokar II« gegen die Drogenmafia zu unterstützen, und begann das Ge-spräch mit dem Anwalt – auf Tschechisch. Die Kinder verstan-den kein Wort.

Joanna verzog schon die Mundwinkel, als die beiden Männer ins Deutsche wechselten, damit Joannas und Finns Mutter alles verstehen konnten. Jetzt, als Hauptkommissar Riesling ihnen die Sache erläuterte, begriffen die beiden die Zusammenhänge. Der Ehemann war keineswegs ein deutscher Tourist, so wie die Kinder schon vermutet hatten. Sondern ein Hauptkommissar aus Frankfurt, der mit der Prager Drogenfahndung zusammen-arbeitete! Er klagte über eine Zunahme der Drogendelikte durch Touristen. Und schon seit einiger Zeit unternahm die Polizei besondere Anstrengungen, um die Dealer in Prag, die mit den Touristen die Geschäfte machten, aufspüren und festnehmen zu können.

Längst war der Polizei bekannt, dass eine Reihe der Käufe ganz dreist in aller Öffentlichkeit auf der Karlsbrücke abgewickelt wurden. Was sie aber immer noch nicht so recht wusste, war, woher die Drogen kamen, ob und wie sie weiterverkauft wurden, ob die Touristen nur als private Käufer agierten oder ob von ih-nen – wie sie vermutete – nicht einige auch als Zwischenhändler fungierten, also ebenfalls Drogenhändler waren.

»Prag ist eine internationale Drehscheibe«, erklärte Haupt-kommissar Riesling. »Aber leider nicht nur für Touristen und Künstler, sondern auch für die Kriminellen.« Und so waren er und seine Kollegen auf die Idee gekommen, als Touristen getarnt eine Übergabe zu fingieren und den Weiterverkauf der Drogen zu verfolgen.

»Der erste Teil unseres Plans ist aufgegangen«, erläuterte der Polizist dem Anwalt. »Der Beschuldigte ...«

Finn schluckte, denn er hatte begriffen, dass damit sein Vater gemeint war!

»... hat auf unseren Köder reagiert und angebissen. Sein Sohn hat die Drogenlieferung abgeholt und an ihn übergeben. Leider haben wir den Beschuldigten kurz aus den Augen verloren. Und dann war die Ware verschwunden. Auch eine Durchsuchung des Hotelzimmers bei der Festnahme verlief ergebnislos. Wir wissen aber, dass er das Drogenpaket angenommen hat, also weitergegeben haben muss.«

»Das Drogenpaket? Was denn für ein Drogenpaket?«

Mama wollte aufspringen, aber ihr verletzter Fuß hinderte sie daran. Also rief sie ihre Frage von der Bank aus dem Polizisten zu.

»Versteckt in einer Puppe!«, berichtete Hauptkommissar Riesling.

»Ich hab die Puppe doch nur gefunden!«, rief Finn jetzt dazwischen. »Das wissen Sie doch. Ich hab Ihnen doch im Restaurant davon erzählt!«

Seine Mutter verstand gar nichts mehr. »Was für eine Puppe? In welchem Restaurant warst du? Ihr wart doch bei einer Bootsfahrt?«

Der Kommissar winkte ab. »Vielleicht hast du wirklich nicht gewusst, worum es sich handelt. Und dein Vater hat dich nur ausgenutzt. Aber der weiß sicher, was drin war, sonst hätte er sie ja nicht weitergegeben.«

»Moment, Moment!«, unterbrach der Anwalt das Gespräch. »Jetzt verstehe ich aber auch nichts mehr. In der Puppe waren echte Drogen? Sie sind doch von der Polizei und ...«

»Unsinn!«, wehrte sich der Polizist. »Natürlich haben wir den Inhalt ausgetauscht. Wir sind als Touristen getarnt einem Verdacht nachgegangen und fündig geworden. Offenbar waren wir auf ein kleines Depot, ein Verteilungszentrum, gestoßen, wo die Dealer ihre Ware, versteckt in Marionetten, abholen, um sie dann weiterzuverkaufen. Gerade vor großen Rockkonzerten steigt das Geschäft an. Wir konnten eine dieser Marionetten mit einer großen Menge Drogen ergattern, in der Hoffnung, dass die Dealer den Verlust schnell merken und uns verfolgen würden, um die Puppe wiederzubekommen. Die Falle hat zugeschnappt. Der Junge dort hat die Puppe gestohlen und seinem Vater gebracht!«

Er zeigte auf Finn.

»Ich? Gestohlen? Ich …«

In Finns Kopf summte und surrte es. Die Informationen, die er gerade erhalten hatte, wirbelten durch sein Hirn und waren ebenso wenig in Bahnen zu lenken wie ein Bienenschwarm. Fassungslos starrte er seine Schwester an, die ihre Stirn gekräuselt hatte und sich ebenfalls sichtbar schwertat zu verarbeiten, was sie gerade gehört hatte. Ganz zu schweigen von ihrer Mutter. Die wechselte zwischen hysterischen Lachanfällen, Wutausbrüchen und entsetztem Kopfschütteln.

»Das ist doch alles kompletter Irrsinn!«, brüllte sie schließlich von ihrer Bank aus.

Der Anwalt hob beschwichtigend die Hände. »Das wird sich sicher alles aufklären. Ich werde jetzt erst einmal mit Ihrem Mann sprechen.«

Die Mutter ließ sich erschöpft gegen die Lehne der Bank sinken. »Tun Sie das! Das ist doch alles vollkommen irre. Meinen Mann und meinen Sohn als Drogendealer zu bezichtigen. Also wirklich …!«

Joanna schaltete schnell. »Wir warten vor der Tür, Mama, okay?«

Ihre Mutter, immer noch sichtlich verwirrt, nickte eher beiläufig, während sie dem Anwalt hinterhersah, der sich von dem Polizeibeamten zum Vernehmungsraum führen ließ. Als sie sich besann und ihren Kindern noch etwas hinterherrufen wollte, standen Joanna und Finn schon draußen vor der Tür der Polizeiwache.

»Hast du das gehört?«, zischte Joanna ihrem Bruder zu. »Die haben Jakub und das Marionettentheater längst im Visier. Und nun dich und Papa!«

»Und jetzt? Wir müssen ihnen alles erzählen, also von Jakub und den Jungs!«

Joanna schüttelte den Kopf. »Nein, wir müssen die Hintermänner finden, die Jakub drohen. Sonst bekommen wir Papa nicht frei!«

»Wieso nicht?«, fragte Finn.

»Weil sie Papa als einen der Dealer weiter festhalten, das Theater als Drogen-Verteilungsstelle schließen, vielleicht sogar noch Jakubs unschuldigen Opa verhaften und niemals nach den Hintermännern suchen werden. Für die ist der Fall dann erledigt. Ein Drogendepot ausgehoben und fertig. Und verurteilt werden zwei Unschuldige!«

Finn musste ein paarmal schlucken. »Meinst du wirklich?«

Joanna nickte entschlossen.

»Wie soll Papa denn seine Unschuld beweisen? Die Indizien sprechen gegen ihn: Du hast die Drogen genommen, hast sie Papa gegeben und der hat sie nicht mehr. ›Beim Arzt verloren‹, das glaubt ihm doch kein Mensch. Nein, nein, die jubeln ihm unter, die Drogen verkauft oder weitergegeben oder versteckt zu haben! Es gibt nur eine Möglichkeit: Jakub muss uns sagen, woher er die Drogen bekommt, und wir müssen die Hintermänner überführen. Für Papa und für Jakubs Opa!«

»Und wie?«

»Keine Ahnung! Als Erstes: Lagebesprechung mit Ondra, Vojta und Jakub.«

»Wie denn das?«, fragte Finn. »Mama wird uns doch jetzt niemals allein gehen lassen!«

»Heute Nacht!«, sagte Joanna entschlossen. »Wenn sie schläft!«

Prager Nacht

»Pst! Bist du wach?«

Joanna versuchte flüsternd ihren Bruder zu wecken, der in seinem Bett selig vor sich hin schnarchte.

»Oh Mann!«, schimpfte sie leise und schlüpfte unter ihrer Decke hervor.

Joanna war komplett angezogen. Ihre Mutter hatte noch immer ihren Fuß verletzt und unternahm deshalb keinen Schritt mehr, als nötig war. So waren Joanna und Finn nach dem Zähneputzen und dem Gute-Nacht-Sagen in ihr Zimmer gegangen, in voller Montur ins Bett gestiegen, hatten noch in ihren Büchern gelesen und dann das Licht gelöscht. Joanna hatte vorsorglich den Wecker ihres Handys auf Vibrationsalarm gestellt und unters Kopfkissen gelegt. Aber sie hatte ohnehin nicht schlafen können. Dazu war sie viel zu aufgeregt.

Allerdings schien es ihrer Mutter ähnlich zu gehen. Es war schon weit nach Mitternacht, als Joanna endlich hörte, wie sie den Fernseher ausschaltete. Aber sie wusste, dass ihre Mutter nicht schlafen würde, bevor sie nicht mindestens noch zwanzig

Seiten in einem Buch gelesen hatte. Hinzu kam die Angst und Aufregung um Papa, der sich noch immer in Polizeigewahrsam befand. Sie mussten sich also gedulden, bis sie schlief, um an ihr vorbei hinausschleichen zu können.

Genau das war ihr Plan. Vorsorglich hatten sie sich erst für zwei Uhr nachts mit den Jungs per SMS verabredet. Diesmal nicht auf der Karlsbrücke, sondern auf dem Wenzelsplatz. Dort gab es ein kleines Straßencafé auf einer Art Rambla in dem 700 Meter langen Boulevard, das aus einem ausgedienten Straßenbahnwaggon heraus betrieben wurde. Die Tische und Stühle standen davor mitten auf dem Platz, aber die würden um diese Zeit unbesetzt sein, nahmen Finn und Joanna an.

Ein Treffpunkt, an dem man sich also gar nicht verfehlen konnte. Auch die Geschäfte und Gaststätten in den Barock- und Jugendstilhäusern, die die Prachtstraße säumten, würden geschlossen sein, und außer einem schwachen Autoverkehr würde der lange Platz bis zum Nationalmuseum an seinem Ende weitgehend menschenleer sein.

»Finn!«, zischte sie noch mal ihrem Bruder zu. »Wach endlich auf, du Schlafmütze!«

Finn drehte sich um, gab ein paar eigenartige Laute von sich und schlief weiter.

»Hey!« Joanna rüttelte ihn.

Finn schreckte hoch. »Was ist?«

»Pssst!«, mahnte Joanna. »Ich glaube, Mama ist endlich eingeschlafen. Wurde auch Zeit. Es ist gleich halb zwei!«

»Ich bin todmüde!«, jammerte Finn.

»Nix da!«, bestimmte Joanna. »Wir müssen Papa aus dem Knast retten!«

So wie Joanna es betonte, klang es ein bisschen so, als wollten sie ihn direkt aus dem Gefängnis befreien. Aber das, was sie vorhatten, erschien Finn nicht weniger gefährlich. Er quälte sich aus dem Bett, rieb sich die Augen und suchte seine Laufschuhe unter dem Bett. Die übrige Kleidung hatte er ebenso wie Joanna gleich anbehalten. Sie hatten keine Ahnung, wie kühl es um diese Jahreszeit nachts in Prag war. Vorsorglich nahmen sie ihre Sommerjacken mit.

Joanna öffnete leise die Durchgangstür zum Wohnzimmer. Beruhigt stellte sie fest, dass alles dunkel war. Ihre Mutter hatte sich also ins Schlafzimmer zurückgezogen und würde dort – wie Joanna hoffte – längst eingeschlafen sein.

»Komm mit!«, flüsterte sie und schlich langsam zur Appartementtür, als es hinter ihr plötzlich laut rumste, gefolgt von einem fürchterlichen Fluchen.

»Verdammt!«, jammerte Finn durch zusammengebissene Zähne. »Ich hab mich an dieser Sch…tischkante gestoßen! Können wir mal Licht …?«

»Bist du bescheuert?«, schimpfte Joanna. »Pass auf, wo du hintrittst!«

»Ja, wie denn, wenn ich nichts sehe?«, beschwerte sich Finn.

»Pssst!«, mahnte Joanna erneut. Sie horchte, ob sich nebenan im Schlafzimmer irgendetwas rührte.

Das war offenbar nicht der Fall. Sie atmete durch und schlich weiter zur Tür. Der Hotelschlüssel steckte von innen. Joanna drehte ihn leise um, zog ihn dann aus dem Schloss und steckte ihn in die Hosentasche. Denn sie mussten später ja wieder zurück ins Hotel kommen. Ebenso leise schloss sie die Tür wieder hinter sich.

Tagsüber war Joanna und Finn nicht aufgefallen, wie entsetzlich laut die Dielen in dem alten Hotelflur knarrten. Aber jetzt, in der stillen Nacht, hatten sie das Gefühl, das Knarren würde das gesamte Haus aufwecken. Es war eben ein historisches

Gebäude, in dem sie wohnten. Da konnte man gegen das Knarren nichts machen. Es galt: Augen zu und durch.

So schnell und leise wie irgend möglich huschten sie durch den Flur. Am Fahrstuhl angekommen, wollte Finn gerade den Knopf drücken, doch Joanna hielt ihn davon ab.

»Nicht, der Fahrstuhl könnte zu laut sein. Ich fürchte, Mama hat einen leichten Schlaf, weil sie denkt, jeden Moment könnte irgendwas mit Papa passieren.«

Finn nahm den Finger vom Fahrstuhlknopf und folgte seiner Schwester durchs Treppenhaus. Unten angekommen, wartete Joanna vor der Tür.

»Weißt du, ob die hier einen Nachtportier haben?«, fragte sie.

Finn wusste es nicht.

»Vier-Sterne-Hotel«, meinte Joanna. »Ich nehme an, da ist die Rezeption die ganze Nacht besetzt.«

»Und was erzählen wir dem Nachtportier, wenn er fragt, wo wir mitten in der Nacht hinwollen?«

»Die Wahrheit!«, grinste Joanna, öffnete die Tür und trat hinaus ins Foyer.

Der Nachtportier saß hinter dem Empfangstresen und las in einem Buch. Dennoch bemerkte er die Kinder sofort. Er sagte nichts, sah aber aufmerksam auf und schaute die beiden fragend an.

Joanna zog den Hotelschlüssel aus der Hosentasche. »Mein Vater hat den Zimmerschlüssel vergessen. Wir gehen ihm entgegen. Denn meine Mutter … Sie wissen ja.«

Joanna zeigte auf ihren Fuß. »Wir sind gleich wieder da.«

Der Nachtportier lächelte zufrieden, zeigte ein leichtes Nicken und vertiefte sich wieder in seinen Roman.

Zehn Minuten später erreichten Joanna und Finn den Wenzelsplatz. Jetzt wusste Finn, weshalb man Prag die Goldene Stadt nannte. Die gelbe Beleuchtung erweckte tatsächlich den Eindruck, als wären die Gebäude entlang der langen Promenade aus purem glänzendem Gold.

Joanna fiel auf, dass sie sich in ihrer Einschätzung getäuscht hatte, die Straße menschenleer vorzufinden. Das Gegenteil war der Fall. Etliche Bars, Kneipen, Tanzlokale und Diskotheken hatten nicht nur offen, sondern waren auch proppenvoll. Von überall hallten lautstarke Gespräche, Rufe, Brüllen und Gesänge über die Straße. Der dichte Verkehr von Taxis und privaten Autos trug erheblich zur Geräuschkulisse bei.

Joanna konnte den Mann deshalb gut verstehen, der einsam und allein tapfer Flyer verteilte. Sie bekam mit, wie er einem deutschen Touristen erklärte, dass er von einer Bürgerinitiative kam, die sich für eine Sperrstunde aller gastronomischen Einrichtungen einsetzte. Andererseits konnte sie sich eine Touristenstadt wie Prag in einer Freitagnacht auch nicht ruhig und leer vorstellen. Sie erinnerte sich, wie sie mit ihrem Vater in Florenz immer sehr spät ein Eis essen gegangen war, weil das Eiscafé bis in die Nacht geöffnet hatte.

»Komisch!«, sagte sie zu Finn. »Die Altstadt wird doch schon ewig ein Touristenmagnet gewesen sein. Wie kann man denn hierherziehen und sich dann beschweren, dass es zu belebt ist?«

»Keine Ahnung«, antwortete Finn. Darüber hatte er sich keine Gedanken gemacht. Vielmehr lag seine Aufmerksamkeit auf zwei Polizisten, die hier offenbar patrouillierten. »Ich denke, wir sollten uns von denen nicht erwischen lassen, solange wir ohne Begleitung Erwachsener sind, oder?«

»Wo du recht hast, hast du recht, Bruderherz«, stimmte Joanna zu. »Komm, wir gehen rüber auf die andere Straßenseite, überholen sie und laufen zu unserem Treffpunkt. Dort hinten ist das Straßenbahn-Café schon. Siehst du?«

Das Café hatte als eine der wenigen Einrichtungen um diese Zeit geschlossen. Schon aus einigen Hundert Metern Entfernung entdeckte Joanna Ondra und Vojta. Sie liefen auf die beiden zu und nach einer kurzen Begrüßung berichtete sie von den Neuigkeiten des Tages. Ondra und Vojta hörten aufmerksam zu. Ihnen wurde sichtlich immer unwohler, je mehr Joanna erzählte.

»Dein Vater im Gefängnis?«, fragte Ondra.

Joanna nickte, obwohl es ja nicht ganz der Wahrheit entsprach. Noch war ihr Vater nur vorläufig festgenommen worden und befand sich zur Vernehmung auf der Polizeiwache. Aber bis zum Gefängnis war es nur noch ein kleiner Schritt.

Ondra biss sich verlegen auf die Lippe. Ihm war es peinlich, dass Joannas Familie durch seinen Freund Jakub so sehr in Schwierigkeiten geraten war. Die ganze Sache hatte einen Verlauf genommen, den sie nicht hatten vorhersehen können, und vor allem, den sie auf gar keinen Fall gewollt hatten. Zu allem Unglück war jetzt auch noch das Marionettentheater von Jakubs Opa in Gefahr. Nicht nur durch Finanzmangel wie ohnehin schon, sondern dadurch, dass die Polizei kurz davor stand, das Theater als »Drogenhöhle« zu schließen.

»Was für ein Wahnsinn!«, rief Ondra aus. »Jakub hat doch alles nur gemacht, um das Theater zu retten!«

»Ja und jetzt geht das Theater genau daran zugrunde«, meinte Joanna. »Wo ist Jakub überhaupt?«

Ondra zog die Schultern hoch. »Er wollte hier sein. Keine Ahnung.«

»Mist!«, ärgerte sich Joanna. Denn Jakub war die Schlüsselfigur. Nur über ihn konnten sie an die Hintermänner herankommen, um die Unschuld ihres Vaters zu beweisen.

»Wir müssen ihn finden. Jetzt gleich!«, entschied Joanna. »Ruf ihn an!«

Ondra griff zu seinem Handy und drückte eine Taste. Joanna hörte das Freizeichen. Jemand nahm das Gespräch an – und beendete es sofort wieder!

Ondra schaute verblüfft auf sein Handy und drückte die Wiederholungstaste. Es klingelte erneut. Dreimal. Dann meldete sich Jakub endlich. Er sagte irgendetwas auf Tschechisch, soweit Joanna mithören konnte. Es klang furchtbar ängstlich, mehr noch: panisch. Dann brach das Gespräch wieder ab.

»Was ist?«, wollte Joanna wissen.

Ondra zuckte wieder mit den Schultern.

»Ich weiß nicht. Ich habe Gefühl, Jakub sitzt in … äh … Druckschwärze.«

»Hä?«, fragte Finn.

Ondra korrigierte sich: »… sitzt in Tinte. Oder wie sagt man das?«

»In Schwierigkeiten!«, brachte Joanna es auf den Punkt. »Wieso? Was für Schwierigkeiten? Wo ist er?«

»Ich weiß nicht genau. Er sagte Chotek! Dann ist das Telefonat abgebrochen.«

»Chotek?«

»Das ist ein Park, eine gute Viertelstunde Fußweg von hier!«, erklärte Ondra.

Vojta schnippte mit den Fingern. »Ich glaube, ich weiß wo! Dort gibt es ein Denkmal. An dem haben die sich schon öfter getroffen!«

»Wer?«, fragte Joanna.

»Na, Jakub und die Dealer!«

Finn schnappte nach Luft. Joanna verstand sofort, was er sagen wollte.

»Ihr wollt jetzt aber nicht wirklich dorthin, oder? Zum Treff der Dealer?«

»Hast du besseren Vorschlag?«, fragte Ondra zurück. »Wenn wir wollen sie aufdecken, wir müssen erst einmal zu ihnen. Oder?«

»Oh, Mann!«, stöhnte Joanna. »Du hast ja recht!«

»WAAAS?«, ging Finn dazwischen. »Joanna!«

»Was denn?«, fuhr Joanna ihren Bruder an. »Ich weiß selbst, dass das gefährlich ist. Aber willst du, dass Papa im Gefängnis bleibt? Du hast doch selbst gesehen, dass für die Polizei der Fall schon klar ist. Die sehen Papa als Schuldigen!«

Finn kniff die Lippen zusammen. Er sagte nichts mehr. Natürlich würde er mitmachen und seiner Schwester folgen. Auch wenn er selbst die Entscheidung für falsch hielt. Allerdings hatte er auch keinen besseren Vorschlag.

»Weißt du, wo dieses Denkmal ist?«, fragte Joanna.

Vojta nickte. »Ja!«

Finn staunte nicht schlecht, als sie am Denkmal ankamen. Es sah aus wie eine aus Felssteinen gebaute Höhle, in dessen Eingang eine Menschengruppe stand. Darüber aber war in goldener Schrift ein deutscher Name in den Stein gemeißelt: Julius Zeyer 1841–1901.

»Wer war das denn?«, fragte Finn.

So wie das Denkmal gestaltet war, vermutete er irgendeinen Geistlichen. Denn unterhalb der Figurengruppe war ein kleiner Brunnen, der wie ein Wunschbrunnen oder ein überdimensionales Taufbecken aussah. Entsprechend überrascht war er, als Ondra ihm mitteilte, dass Zeyer ein Dichter gewesen war, ein Schriftsteller.

»Ich weiß das nur, weil mir jemand hat erzählt, dass die Statuen Figuren aus seinen Werken sind.«

»Aha!«, sagte Finn. Und erstarrte. Hatte sich da nicht gerade eine Figur bewegt?

»Habt ihr das auch gesehen?«, fragte er. Das Entsetzen stand ihm ins Gesicht geschrieben.

»Was?«, fragte Joanna ängstlich. Denn ähnlich wie Finn kam ihr beim Anblick des Denkmals zwar kein Höhleneingang in den Sinn, aber die Gestaltung erinnerte sie stark an die Grotten im Boboli-Garten von Florenz, in dem sie von fiesen Kerlen gefesselt und geknebelt worden war. Joanna schauderte es noch heute, wenn sie daran zurückdachte. Am liebsten wäre sie sofort von hier wieder abgehauen. Aber sie selbst war es ja gewesen, die darauf bestanden hatte, mit Ondra und Vojta mitzugehen.

Finn zeigte zum Figurenensemble. »Da hat sich eben etwas bewegt!«

»Spinnst du?«, fuhr Joanna ihn an. »Meinst du, hier spukt es oder was?« Sie hatte schon genug Angst. Da musste ihr Finn nicht auch noch mit solchen Geschichten kommen.

Plötzlich ertönte ein leiser Pfiff. Alle vier schauten sich verwundert um.

»Was war das?«, fragte Joanna erneut.

»DA!« Finn zeigte wieder zu den Figuren. Zwischen den sechs Statuen tauchte mit einem Mal ein siebtes Gesicht auf.

»Jakub!«, rief Ondra. »Was …?«

Doch Jakub unterbrach ihn abrupt. »Pssst!«, mahnte er und schaute sich ängstlich um. Dann winkte er die vier hastig zu sich.

»Er sagt, sie dürfen nicht sehen uns. Wir sollen uns verstecken mit ihm! Kommt mit!«

Ondra und Vojta liefen auf ihn zu.

Finn und Joanna blieben stehen. »Passen wir dort überhaupt alle hinein?«, fragte Finn.

»Wer?«, lautete hingegen Joannas Frage. »Wer darf uns nicht sehen? Sind die Dealer hier?«

»Pssssst!«, wiederholte Jakub.

Und Ondra ergänzte: »Hierher. Los!«

Nun krabbelten auch Finn und Joanna über die Felssteine zu den Statuen. Doch Finn behielt recht. Es war unmöglich, dass sich fünf Jugendliche hinter den Figuren verstecken konnten. Dass allein Jakub es geschafft hatte, erstaunte Joanna schon.

»Hier!«, rief Ondra ihnen. »Wenn ihr klettert über die Köpfe, es geht. Im Dunkeln sieht uns niemand!«

Das stimmte. Dunkel war es in der Tat. Das Denkmal war ebenso wenig beleuchtet wie der Park. Bisher hatte nur der Vollmond Licht gespendet. So hell, dass sie gut den Weg bis hierher hatten sehen können. Jetzt aber hatte sich eine dicke Wolke vor den Mond geschoben und tauchte den Park in finsterste Nacht. Nun erst wurde Joanna bewusst, wie hell der Mond geschienen hatte.

»Hast du eine Taschenlampe dabei?«, fragte sie Finn.

Sie hörte ein leises Klicken und sah dann Finns lachendes Gesicht, das er mit seiner Taschenlampe anstrahlte. Doch die Freude währte nur kurz.

»Zhasni!«, schimpfte Jakub.

Finn benötigte keine Übersetzung. Sofort schaltete er das Licht aus.

Jakub flüsterte Ondra ins Ohr, was geschehen war, und Ondra übersetzte: »Jakub muss zurückgeben die Drogen. Aber die Puppe ist verschwunden. Jakub hat sich mit ihnen getroffen und das erklärt. Aber sie glauben ihm nicht. Und denken, er hat Drogen gestohlen. Sehr gefährlich. Sie begannen zu schlagen. Jakub konnte fortlaufen und sich verstecken. Aber Dealer sind noch hier!«

»Verflucht!«, maulte Finn. »Wir müssen hier weg. Was meinst du, was passiert, wenn die uns in die Finger kriegen? Das ist ja wie im Film. Ich hab's doch gleich gesagt!«

»Mann, Finn!«, schimpfte Joanna. »Das hilft uns jetzt auch nicht weiter!«

»Doch!«, beharrte Finn. »Wir müssen abhauen!«

»Dann sie verfolgen weiter Jakub. Sie wissen, wo er wohnt. Sie brennen nieder das Theater!«

»Ja, und was sollen wir stattdessen machen?«, fragte Finn. »Wollt ihr die Dealer etwa verfolgen?« Er lachte höhnisch.

»Ja, gute Idee!«, antwortete Ondra ernst.

»Was?«, rief Finn. »Nee, Moment! So hatte ich es doch gar nicht …!«

»Wo sind sie genau?«, fragte Ondra Jakub. Er hörte gar nicht mehr auf Finns Einwände, sondern war schon dabei, einen Plan zu entwickeln: »Wir müssen herausbekommen, wo wohnt der Boss der Bande, und finden Beweise gegen ihn.«

»Halt! Halt!«, ging Finn dazwischen. »Spinnt ihr? Was soll denn das? Wir können doch nicht …! Joanna, sag doch auch mal was!«

»Wir haben nur diese Nacht!«, sagte Joanna.

Aber das war natürlich überhaupt nicht das, was Finn von ihr hören wollte.

»Joanna!«, piepste er nur noch flehend.

»Pssst. Ich höre etwas!«, warnte Ondra.

Gefährliche Verfolgung

Finn sah, wie sich zwei Lichtkegel näherten. Ihre Verfolger suchten den Park mit Taschenlampen ab.

Jakub flüsterte etwas und Ondra übersetzte: »Es sind nur zwei Lampen. Aber sie sind zu viert, sagt Jakub. Also muss es geben noch zwei Lampen irgendwo.«

Finn schaute ängstlich hinauf in den Himmel. Hier zwischen den Statuen waren sie nur so lange sicher, wie die dunkle Wolke den Vollmond verdeckte. Wenn der Mond wieder sein volles Licht auf den Park warf, würde man sie entdecken.

»Vielleicht sollten wir abhauen, bevor sie noch näher kommen«, schlug er vor.

»Im Gegenteil«, widersprach Joanna. »Wir warten, bis sie vorbei sind. Dann verfolgen wir sie!«

»Ja, sehr gut!«, stimmte Ondra ihr zu.

»Gut?«, fragte Finn. »Was soll denn daran gut sein? Sie werden uns erwischen! Schaut mal auf die Wolke!«

Er zeigte zum Himmel. Nur noch das hintere Viertel der Wolke verdeckte den Mond. Es würde keine fünf Minuten mehr dauern, bis das Mondlicht auf sie herabschien wie ein Rampenlicht. Die Taschenlampen kamen bedrohlich näher.

»Jetzt ist es sowieso zu spät«, stellte Joanna fest. »Leise jetzt. Alle stillhalten!«

Die Lichtkegel der Taschenlampen zappelten ihnen entgegen wie zwei aufgeregte Tierchen, die etwas gewittert hatten. Jetzt tanzten sie bereits auf der Wasseroberfläche des kleinen Beckens direkt vor ihnen. Dort blieben sie stehen, verschmolzen zu einem einzigen helleren Lichtstrahl, der einen Punkt mitten auf dem kleinen Becken fixierte. Ein leises Plätschern war zu hören, dann trieben kleine Wellen kreisförmig an den Rand, als hätte jemand ein Steinchen mitten in den Miniteich geworfen.

»Ryby!«, sagte eine Stimme.

Finn hoffte, dass dieses Wort »Fisch« bedeutete und nicht etwa: »Achtung, aufgepasst, da ist jemand«, oder etwas Ähnliches.

Joanna hielt den Atem an.

Die zwei Lichtkegel tanzten noch ein wenig übers Wasserbecken. Dann drehten sie kurz ab. Und krabbelten plötzlich weiter hinauf, über die Füße der Skulpturen, hinter denen sich Joanna, Finn und ihre neuen Verbündeten gerade versteckt hielten. Nur noch ein kleines Stückchen, und Joannas Gesicht würde vom Lichtschein der Lampe geblendet sein. Er hatte bereits den Bauch und nun die Brust der Skulptur erreicht, hinter der sie stand. Weiter konnte Joanna ihren Kopf nicht einziehen.

›Jetzt bloß keinen Muckser!‹, dachte sie. Weder von ihr noch von einem der anderen, die sich hier versteckt hielten. Der Lichtkegel wanderte weiter hinauf bis zum Hals der Skulptur. Nur noch wenige Zentimeter fehlten bis zu Joannas Gesicht.

›Gleich hat er mich!‹, befürchtete sie. Als plötzlich ein Ruf ertönte.

»Pojd'te! Tudy!«

Die beiden Lichtkegel schwirrten ab wie zwei gut dressierte Hündchen, die von Herrchen gerufen wurden. Sie tanzten nun wieder eng beieinander auf dem Weg neben dem Denkmal. Ein Zeichen dafür, dass die Verfolger sich unterhielten. Dann liefen sie zurück in die Richtung, aus der sie gekommen waren.

»Puh! Das war knapp!«, stöhnte Joanna.

Auch Finn atmete erleichtert auf.

»Wir müssen ihnen folgen!«, sagte Ondra. Er zeigte zu den Lichtkegeln, die immer kleiner wurden, weil sich ihre Verfolger im Laufschritt entfernten. »Wir dürfen sie nicht verlieren aus unseren Augen!«

»Du hast recht!«, sagte Joanna. »Los kommt!«

Finn schüttelte nur den Kopf, was aber niemand im Dunkeln sah. Alle vier tasteten sich hinter den Skulpturen hervor und kletterten vom Denkmal herunter.

»Passt auf. Es ist … wie heißt das … flutschig?«

Joanna gickerte leise. »Glitschig!«, korrigierte sie. »Oder rutschig!«

»Ja, rutschig!«, verbesserte sich Ondra. »Fallt nichts ins …« Wasser, hatte er sagen wollen, rutschte dabei aber selbst aus und wäre um ein Haar im Becken gelandet. Doch es ging noch mal gut. Schnell hatten sie den Weg erreicht und rannten ihren Verfolgern hinterher, die noch nichts davon ahnten, dass sie jetzt selbst die Verfolgten waren.

»Das ist doch idiotisch«, wagte Finn einzuwenden. »Wir verfolgen die Verfolger, die wiederum uns verfolgen. Eine Suche im Kreis. So kommen wir doch niemals voran. Aber irgendwann laufen wir ihnen vor die Füße und sie machen uns kalt!«

»Oh Mann!«, schimpfte Joanna. »Kannst du bitte mal aufhören, du alter Miesepeter! Wenn du weiter so laut herumnörgelst, haben sie uns wirklich gleich!«

»Pah!«, machte Finn und stiefelte seiner Schwester hinterher. »Hat eigentlich mal jemand …«, wollte er noch ergänzen. Doch seine Schwester fuhr ihm über den Mund.

»Schluss jetzt!«

Finn klappte widerwillig den Mund zu. Er wollte fragen, ob mal jemand darüber nachgedacht hatte, wo sich die anderen beiden Verfolger befanden. Sie hatten nur die Lichter von zwei Taschenlampen gesehen. Laut Jakub waren die Verfolger aber zu viert. Wo also steckten die anderen zwei? Aber auf ihn hörte ja niemand. Miesepeter! ›So ein Quatsch!‹, ärgerte er sich. Nur weil er nicht so leichtsinnig war wie die anderen. Und weil er der Jüngste war. Logisch! Auf die Kleinsten hörte man nicht.

Durch den Ärger, der ihn beschäftigte, verlor Finn ein wenig den Anschluss. Joanna und die anderen liefen bereits gute fünf Meter vor ihnen.

»Finn! Hier entlang!«, rief ihm seine Schwester zu.

»Ich komm ja schon!«, maulte Finn. Und schlurfte den anderen hinterher. Er sah keinen Grund zur Eile, denn diejenigen, die sie verfolgten, liefen ja auch im Kreis.

»Hä?« Joanna blieb plötzlich stehen. Nicht, um auf Finn zu warten, sondern weil sie sich wunderte, dass sie Finn hinter sich gehört hatte.

»Ich dachte, du bist vor uns und nach dort abgebogen!«, staunte Joanna. Sie zeigte auf einen Weg, der zur linken Seite abging.

»Wie soll ich denn vor euch sein?«, fragte Finn missmutig zurück. »Ihr seid doch wie die Verrückten vorausgerannt.«

»Aber …« Joanna stutzte. »Dort links hab ich doch eben jemanden gehen sehen!«

Alle schauten in die Richtung, die Joanna angab. Doch da war niemand.

»Aber ich hab ganz sicher …« Joanna brach ab. Denn jetzt

sahen alle, dass sich ein Busch bewegte. Nicht weit von ihnen entfernt, maximal zwanzig Meter.

Mit einem Schlag wurde allen fünf gleichzeitig klar, wer das nur sein konnte: die anderen zwei Verfolger. Ohne Lampen.

»Sakra!«, fluchte Ondra, was in etwa das Gleiche bedeutete, was Joanna gerade rief: »Verdammt!«

»Fort von hier!«, sagte Ondra auf Deutsch, wohl auch, damit die Verfolger es nicht verstanden. »Wir aufteilen uns. Wir drei …« Er zeigte auf Joanna, Finn und sich. »Ihr beiden«, gemeint waren Jakub und Vojta, »… dort entlang.«

Die ersten zwei Verfolger, die mit den Taschenlampen, waren zu weit voraus, um von der Begegnung etwas mitbekommen zu haben. So blieben nur zwei übrig, die sich entscheiden mussten, welche der beiden Gruppen sie jagen wollten oder ob sie sich ebenfalls aufteilen sollten. Sie entschieden sich zusammenzubleiben und verfolgten Jakub und Vojta. Als Ondra das mitbekam, bedeutete er Finn und Joanna stehen zu bleiben.

»Warum haben wir es nicht mit denen aufgenommen?«, fragte Finn. »Wir waren zu fünft, die nur zu zweit!«

Ondra warf ihm einen verächtlichen Blick zu, was Finn in der Dunkelheit aber nicht sah. »Das sind keine Jugendlichen, die uns verfolgen«, erklärte er. »Sondern Erwachsene. Besondere Erwachsene.«

»Besondere?«, fragte Finn nach. »Inwiefern besonders?«

»Kriminelle!«, antwortete Ondra. »Gefährlich!«

»Was?« Finn entrüstete sich erneut. »Seid ihr irre? Und mit denen legen wir uns an?«

»Nein!«, widersprach Ondra. »Mit denen wir sollten uns nicht anlegen, sie nur verfolgen. So können wir vielleicht finden, wo ist ihr Zentrum zum Verteilen die Drogen. Vielleicht sogar wir können wissen, woher kommen ihre Lieferungen.«

»Pah! Das ist Polizeiarbeit!«, wiederholte Finn noch mal. Aber nun war es zu spät. »Was ist, wenn Vojta und Jakub erwischt werden?«

»Das nicht gut wäre!«, sagte Ondra. »Gar nicht gut. Wir müssen sehen, ob wir können helfen. Kommt.«

Ondra drehte um und machte sich auf den Weg in die Richtung, in die Jakub und Vojta gerade geflohen und die beiden gefährlichen Kriminellen ihnen nachgelaufen waren. Sie beeilten sich, achteten aber darauf, nicht zu schnell zu sein, aus Angst, die Verbrecher vor sich versehentlich einzuholen und dann selbst wieder Ziel der Verfolgung zu werden. Immer wieder drehten sie sich um. Aber von den beiden Taschenlampen war nichts mehr zu sehen.

Dann plötzlich Geschrei.

»Vojta!«, stieß Ondra entsetzt aus. »Das war seine Stimme.«

Nicht weit von ihnen fand ein Handgemenge statt. Die Kriminellen mussten die beiden erwischt haben. Plötzlich blitzten auch wieder die zwei Taschenlampen auf. Allerdings diesmal hinter ihnen. Die drei drehten sich um und standen plötzlich da wie geblendete Rehe auf der Landstraße, unfähig, zu fliehen oder sich auch nur zu bewegen. Das Geschrei vor ihnen verstummte, was Joanna und Finn keineswegs als gutes Zeichen werteten.

Die Taschenlampenlichter kamen näher, hielten aber stramm auf ihre Gesichter, sodass Joanna, Finn und Ondra völlig geblendet waren und nicht erkennen konnten, wer da auf sie zukam. Plötzlich spürten sie harte Schläge auf ihre Köpfe. Und dann gar nichts mehr.

In tiefer Dunkelheit

Finn brummte der Schädel, als er erwachte. Er schaute in tiefste Finsternis und wunderte sich. Hatten sie am Abend zuvor wirklich die Rollläden in ihrem Hotelzimmer geschlossen? Weshalb? Langsam kam er drauf, dass die Fenster ihres Appartements gar keine Rollläden hatten, sondern lediglich Vorhänge. Am ersten Abend hatte Joanna noch das Schattenspiel bestaunt, das die Straßenbeleuchtung auf die Gardinen projiziert hatte.

Finn wollte zu seinem Handy greifen, um nachzusehen, wie spät es war. Doch dort, wo im Hotel neben ihm das Nachtschränkchen stand, griff er hier ins Leere. Nein, nein, das hier war nicht ihr Hotelzimmer. Und es war auch noch nicht der nächste Morgen, oder?

»Finn?«, hörte er seine Schwester aus der Dunkelheit rufen.

Finn hob den Kopf und hielt sich die Hand vors Gesicht. Noch immer konnte er seine Finger nicht sehen. Er erschrak. Erst ein einziges Mal in seinem Leben hatte er eine solche Dunkelheit erlebt. Da hatte er mit Joanna und seinem Vater die Ausstellung »Dialog im Dunkeln« besucht: eine simulierte Stadtwanderung in völliger Finsternis, nur von Geräuschen gelenkt und von einem Blinden geführt. Für Joanna war es so bedrückend gewesen, sie hatte sich so furchtbar orientierungs- und hilflos gefühlt, dass ihr schwindelig geworden war und sie die Führung hatte abbrechen müssen. Finn überkam jetzt ein ähnliches Gefühl, obwohl er damals die Führung besser verkraftet hatte als seine Schwester. Panik stieg plötzlich in ihm auf. War wirklich nur der Raum dunkel oder war er erblindet? Immerhin hatte er doch – er erinnerte sich jetzt – einen Schlag auf den Kopf bekommen! Konnte dabei ihre Sehfähigkeit zerstört worden sein?

»Hier!«, rief er seiner Schwester zu. »Ich kann dich nicht sehen! Siehst du mich?«

»Nein!«, antwortete sie. »Natürlich kann ich dich nicht sehen. Es ist doch absolut dunkel hier.«

Finn atmete auf.

»Warte, ich komme zu dir!«, rief Joanna. Und dann: »Au! Verdammte Scheiße! Uhhhhh, mein Knie. Verdammt, verdammt!«

»Was hast du?«

»Weiß nicht. Bin gegen irgendwas gestoßen. Uhhhhh, voll gegens Knie!«

Finn hörte, wie Joanna sich ein Weinen verkniff und gegen den Schmerz ankämpfte.

»Wo sind wir?«

»Weiß ich doch nicht!«

Finn spürte unter sich einen kalten, harten Fußboden.

»Wo ist Ondra?«, fragte Joanna. »Ondra?«

Finn vernahm ein leises Stöhnen. Gefolgt von einem tschechischen Fluch. Das war Vojtas Stimme.

»Vojta. Bist du das?«, fragte er.

Die Antwort kam auf Tschechisch. Dann korrigierte Vojta sich und wiederholte auf Deutsch: »Ja, ich bin's.«

»Ist Jakub auch hier?«

»Weiß ich nicht. Jakub! Jsi tady?«

»Ano, jsem tady. Kde to jsme?« Das war Jakubs Stimme.

»Vojta?«, meldete sich Ondra.

Also waren sie alle hier. Sie wussten nicht, wo sie sich befanden. Aber immerhin war klar, *weshalb* sie hier waren. Die Drogenhändler hatten sie überwältigt und gefangen genommen. Sie saßen in einem Gefängnis. Nicht in einem offiziellen, das Finns und Joannas Vater drohte, sondern in irgendeinem geheimen, illegalen Kerker oder etwas Ähnlichem. Da sie jegliches Zeitgefühl verloren hatten und nicht die geringste Ahnung davon hatten, wie lange sie bewusstlos gewesen waren, konnte sich dieser Kerker sonst wo befinden. Möglicherweise waren sie schon gar nicht mehr in Prag.

»Hat jemand Licht oder zumindest eine beleuchtete Uhr dabei?«, fragte Joanna in die Finsternis hinein. »Unsere Handys haben sie uns ja wohl allen abgenommen.«

»Ich habe eine Uhr«, antwortete Ondra. »Aber die besitzt kein Licht.«

Er wiederholte die Frage auf Tschechisch, damit auch Jakub sie verstand. Und siehe da: Er trug eine Armbanduhr mit Beleuchtung. Er schaltete sie an und ein trübes, blaues Licht schien vom Zifferblatt in die Dunkelheit. Normalerweise wäre es viel zu schwach gewesen, um mehr auszuleuchten als die Zahlen auf der Uhr. Aber hier in diesem Keller, wo überhaupt kein Licht existierte, genügte selbst eine schwache Funzel, um die Konturen der Jugendlichen sichtbar zu machen.

Joanna atmete auf. Die Umrisse ihrer Freunde zu erkennen war für sie mehr als ein Hoffnungsschimmer. Es verlieh ihr wenigstens den Ansatz einer Orientierung. Zuvor hatte sie sich gefühlt wie auf dem Grund eines unendlich tiefen Meeres, wohin es nicht mal mehr der kleinste Sonnenstrahl schaffte. Sie hatte einmal eine Fernsehreportage darüber gesehen. In den tiefsten Untiefen des Ozeans gab es Fische und Meerestiere, die in absoluter Dunkelheit lebten. Manche von ihnen konnten selbst Licht erzeugen und die meisten von ihnen waren abgrundtief hässlich. Joanna hätte bis eben kaum sagen können, wo oben oder unten war. Doch jetzt sah sie immer deutlicher, wie ihre Freunde auf dem Boden kauerten.

Plötzlich flammte ein Licht auf, so hell, dass Joanna sich im ersten Moment schützend eine Hand vors Gesicht halten musste. Jakub hatte ein Feuerzeug angezündet. Allzu lange konnte er die Flamme nicht brennen lassen, da es an seinen Fingern zu heiß wurde. Aber es genügte, um sich zu orientieren.

»Eine Grotte!«, rief Finn.

»Ein Verlies!«, sagte Joanna zeitgleich. »Wo könnte das sein, Ondra?«

Auch Ondra wusste es nicht. Er kannte zwar begehbare Höhlen, die rund dreißig Kilometer vor Prag lagen. Aber die wurden so stark von Touristen besucht, dass sie als geheimes Gefängnis kaum infrage kamen. »Außerdem ist es jetzt erst kurz vor halb vier. Um zwei haben wir uns getroffen. Dann sind wir erst zum Denkmal gegangen, haben uns im Park versteckt und gegenseitig verfolgt … Ich denke mal, es muss so drei Uhr morgens gewesen sein, als sie uns erwischt haben. Wir waren also nur knapp eine halbe Stunde bewusstlos. Hätten sie uns zu den Höhlen gebracht, wären wir noch unterwegs.«

»Kennst du andere Höhlen?«, fragte Joanna.

Ondra schüttelte den Kopf.

Dann wurde es wieder dunkel. Gefolgt von einem kurzen Schmerzensschrei von Jakub. Sein Feuerzeug war zu heiß geworden.

»Ich kenne aber auch keine ... wie heißt Mehrzahl von Verlies?«, fragte Ondra, wieder aus völliger Dunkelheit.

»Verliese!«, sagte Joanna.

»Ich kenne auch keine Verliese!«, wiederholte Ondra, um sich das neue Wort besser zu merken. »Außer eines!«

»Du kennst ein Verlies?«, hakte Finn aufgeregt nach.

»Du auch!«, behauptete Ondra. »Ich dir hab erzählt davon, auf dem Dampfer!«

»Die Burg!«

Ondra nickte. Dann fiel ihm ein, dass ihn niemand sehen konnte. Deshalb sagte er noch: »Genau!«

»Wow!«, stieß Finn aus. »Du meinst, wir sind in der Burg?«

»Ich hoffe«, präzisierte Ondra. »In der Burg bin ich gewesen schon ein paarmal. Es gibt auch Pläne. Aber es ist möglich auch, dass wir sind irgendwo in einem unbekannten Teil der Stadt. In einem leeren Gebäude oder so. Allerdings, wenn wir sind in der Burg, dies muss sein ein sehr abgelegener Teil. Schließlich ist die Burg sehr berühmt und wird besucht von Tausenden Touristen.«

»Ja, es ist die größte Burg der Welt, hast du erzählt«, erinnerte sich Finn.

»Mehr noch«, ergänzte Ondra. »Hier begann auch der Dreißigjährige Krieg. Wisst ihr den berühmten zweiten Prager Fenstersturz?«

»Nie gehört!«, gestand Finn.

»Ist auch ein wenig kompliziert«, gab Ondra zu. »Es hat gegeben einen Aufstand von böhmischen Protestanten gegen Habsburger Katholiken. Die Protestanten sind gestürmt zur Burg. Sie fingen drei ... äh ... wie heißen sie ... Guvernér...«

»Gouverneure!«, übersetzte Finn.

»Statthalter!« Das Wort hatte Joanna schon mal gehört. Das waren so etwas wie Stellvertreter oder Beamte.

»Ja«, bestätigte Ondra. »Königliche Statthalter der Habsburger. Sie fingen sie und warfen sie aus dem Fenster. Siebzehn Meter tief in den Burggraben.«

»Ihhhh!« Joanna verzog das Gesicht.

»Es kommt noch besser!«, erzählte Ondra. »Alle drei überlebten und konnten fliehen, obwohl von oben aus dem Fenster man noch auf sie geschossen hat.«

»Wahnsinn!«, kommentierte Finn.

»Das war der Beginn des Dreißigjährigen Krieges!«

»1618 bis 1648!«, wusste Vojta beizutragen.

»Wie auch immer«, sagte Joanna. »Wir müssen auch fliehen. Aber am besten, ohne aus dem Fenster zu fallen und ohne dass auf uns geschossen wird!«

Ondra lachte auf. »Wenn es in diesem Kerker einen Ausgang gäbe, hätten sie uns nicht hierhergebracht!«

»Abwarten!«, betonte Joanna.

Finn wusste gleich, worauf Joanna anspielte. Er und seine Schwester waren bei ihrem Florenz-Abenteuer schon einmal kurz eingesperrt gewesen. Zwar nicht in einem Verlies, sondern in einem gewöhnlichen Zimmer, und sie hatten nur fliehen können, weil sie einen geschickten Dieb dabeigehabt hatten, der es gelernt hatte, Türen zu öffnen. Aber dennoch. Bevor man es nicht versucht hatte, sollte man nicht aufgeben. Darin waren er und seine Schwester sich immer einig gewesen.

Wieder ging urplötzlich das Licht an. Diesmal war es aber nicht Jakubs Feuerzeug, sondern eine triste Glühbirne an der Decke.

»Es gibt hier Licht!«, staunte Joanna. Und nun sah sie auch die schwere Tür, hinter der sie eingekerkert worden waren. Das Geräusch eines Schlüssels war zu hören, der von der anderen Seite ins Schloss gesteckt wurde. Offenbar bekamen sie Besuch von ihren Bewachern.

»Los!«, schaltete Joanna blitzartig. »Alle hinlegen. Wir spielen weiter bewusstlos!«

Alle befolgten Joannas Vorschlag ohne weitere Diskussion. Sie warfen sich zu Boden und taten so, als wären sie noch nicht wieder erwacht. Lediglich aus den Augenwinkeln beobachteten sie, was weiter passierte. Ihre halb geöffneten Augen würde man im Halbdunkel der trüben Lampe kaum erkennen können.

Die schwere Tür öffnete sich quietschend. Joanna hatte sich bewusst so gelegt, dass sie in den Flur hinausschauen konnte, der zwar ebenfalls beleuchtet war, aber sonst leider keine weiteren Schlüsse zuließ. Es war einfach ein enger, kalter Gang aus Felsstein. Dieses Verlies konnte überall und nirgends sein.

Während zwei Männer den Raum betraten, überlegte Joanna, ob sie den Überraschungseffekt nutzen sollten, hinauszurennen und zu versuchen, über den Gang zu fliehen. Aber sie kannten sich nicht aus. Vielleicht waren die Gänge hier labyrinthartig angelegt, mit vielen Sackgassen und Irrwegen. Zu groß war die Gefahr, sich zu verlaufen und nie gefunden zu werden. Oder von den Bewachern, die sich hier sicherlich bestens auskannten, eingeholt, erneut gefangen genommen und dann vielleicht sogar gefesselt zu werden. Dann hätten sie überhaupt keine Chance mehr zur Flucht.

Joanna hoffte, dass ihre Bewacher sie nicht fesseln würden. Auch dafür war es gut, weiter bewusstlos zu spielen. Sie versuchte sich, ohne die geringste Bewegung zu machen, umzuschauen und nach einer weiteren Fluchtmöglichkeit Ausschau zu halten. Auch Kerker und Verliese benötigten eine Luftzufuhr. Sonst konnte man keine Gefangenen unterbringen. Wo Luft hineinkam, bestand vielleicht die Chance, hinauszukommen. Vielleicht existierten in diesem uralten Gemäuer ja auch Geheimgänge, von denen nicht einmal ihre Bewacher etwas ahnten.

Joanna beobachtete jetzt, dass die Bewacher ihnen etwas zu trinken brachten. Sie stellten einige Plastikflaschen Mineralwasser auf dem einzigen Tisch ab, der im Raum stand. An dem hatte Finn sich wohl das Knie gestoßen, nahm Joanna an.

Die Bewacher schauten sich um und leuchteten jeden einzelnen Körper mit ihren Taschenlampen ab. Joanna schloss blitzartig die Augen und betete innig, dass die anderen es ebenso machten. Wenn die Bewacher jetzt entdeckten, dass sie längst aufgewacht waren, bestand die Gefahr, dass sie gefesselt wurden. Doch auch die anderen verhielten sich ruhig und unauffällig.

Die Bewacher zogen wieder ab, schlossen von außen die Tür und gingen. Deutlich hörbar entfernten sich ihre Schritte, die durch die Felsengänge hallten. Das Licht hatten sie angelassen!

Jetzt hatten Joanna und ihre Freunde zu trinken und sie konnten etwas sehen. Damit hatte sich ihre Chance auf eine Flucht mit einem Schlag deutlich verbessert.

Flucht zwecklos!

Joanna wartete noch einen kleinen Augenblick. Dann erhob sie sich wie die anderen auch. Sie schaute sich um. Das Verlies schätzte sie auf vier bis fünf Meter hoch. Gewaltig, wie sie fand, denn so wie dieser Keller wirkte, war er nie für etwas anderes benutzt worden, als Gefangene darin festzuhalten. Wozu also die hohe Decke? Bis sie oben in der Wand, etwa auf drei Metern Höhe, einige verrostete Handschellen sah, die an grobgliedrigen Ketten in der Mauer befestigt waren.

Joanna schauerte es. Ihr wurde klar, wozu die mal gebraucht worden waren. Auch Finn hatte die Handschellen entdeckt.

»Ich nehme an, dort wurden früher Gefangene an den Armen aufgehängt«, sagte Joanna. »Und dann ließ man sie hängen, bis sie verdurstet, verhungert oder geständig waren.«

Sie schüttelte sich bei dem Gedanken. Und erinnerte sich, dass es kurz vor der Karlsbrücke ein Museum für Folterinstrumente gab. Joanna konnte nicht verstehen, wieso Touristen Geld dafür ausgaben, um sich anzuschauen, mit welchen Methoden und Instrumenten im Mittelalter Menschen gequält wurden. Das war schon schlimm genug, fand sie. Aber jetzt in einem echten Verlies zu stehen, das nicht künstlich aufgebaut wurde, um Touristen das Geld aus den Taschen zu ziehen, sondern in denen echte Überbleibsel richtiger Folter von den Wänden baumelten, ließ sie erschüttern. Womöglich klebte dort oben an der einen oder anderen Handfessel noch das Blut der Geschundenen!

Joanna schaute weg, atmete durch und versuchte an etwas anderes zu denken, damit sich ihr nicht der Magen umdrehte. An ihre Flucht zum Beispiel.

»Lasst uns die Wände absuchen. Vielleicht gibt es hier eine Geheimtür oder so!«, schlug sie vor und begann eifrig, die kühlen, feuchten Wände abzutasten.

»Es wäre kein Kerker, wenn es gäbe einen Ausgang«, betonte Ondra noch einmal.

Joanna ließ sich nicht beirren. Und auch Finn machte mit. Er übernahm es, den Boden abzusuchen.

»Wenn man untätig herumsitzt, kann man garantiert nicht fliehen!«, argumentierte Joanna.

Doch Ondra beeindruckte das nicht. »Wenn man etwas Dummes tut, auch nicht!«

»Dann schlag etwas Besseres vor«, sagte Joanna. »Zum Beispiel: Wie könnten wir herausfinden, wo wir sind?«

Ondra zuckte mit den Schultern. Dennoch begann er sich umzusehen und laut zu überlegen.

»Also, in den Höhlen für die Touristen sind wir nicht. Das haben wir schon herausgefunden«, sagte er.

»In irgendeinem Neubau auch nicht«, stellte Joanna fest und zeigte auf die Wände, die aus altem Felsstein gemauert waren. »Das Gebäude hier ist mindestens hundert Jahre alt!«

»Prag hat eine sehr große Altstadt«, wandte Ondra ein.

Joanna stimmte ihm zu.

»Aber nicht allzu viele Häuser sind groß genug für so ein gewaltiges Verlies, oder?«

Ondra nickte ihr zu und sprang auf.

»Du hast recht!« Er fing nun ebenfalls an, mit den Handflächen über die Wände zu streichen. Nicht um, wie Joanna und Finn zuvor, nach einem Ausgang zu suchen, sondern um das Material besser bestimmen zu können.

Aber so richtig kamen sie nicht weiter. Mit Baumaterial kannten sie sich zu wenig aus, um eingrenzen zu können, in welchem Gebäude von Prag man sie eingepfercht hatte. Nur eines wussten sie: Ein sehr großes, sehr altes Gemäuer musste es ein.

»Vielleicht ist es tatsächlich die Burg!«, vermutete Finn.

Er hatte im Ohr, was Ondra ihm während der Schiffsfahrt über die alte Burg gesagt hatte. Von Königsgräbern und Verliesen war die Rede gewesen. Das passte doch.

»Welches andere Bauwerk von Prag hat das sonst noch zu bieten?«, fragte er.

»Du könntest recht haben«, pflichtete Ondra ihm bei. »Die Burg wäre auch groß genug für einige unentdeckte oder nicht genutzte Verliese oder Gänge. Es ist schließlich das größte geschlossene Burgareal der Welt!«

»Echt?«, staunte Finn. »Wow!«

»Für uns nicht gerade gut«, dämpfte Joanna sofort Finns kurzzeitig aufflammende Begeisterung. »Umso schwerer finden wir hier hinaus. Selbst wenn wir einen geheimen Ausgang finden, können wir uns noch verlaufen. Und das wäre fast noch schlimmer, als hier festgehalten zu werden.«

»Ich finde, die hätten uns auch etwas zu essen bringen können«, meckerte Finn. »Ich habe Hunger.«

»Wie kann man denn jetzt ans Essen denken?«, schimpfte Joanna. »Hast du keine anderen Probleme?«

»Doch!«, bekannte Finn. »Schlafplätze gibt es auch nicht. Ich kann nicht einfach so auf dem nackten, harten Boden schlafen!«

»Du sollst auch nicht schlafen!«, fuhr Joanna ihn an. »Wir wollen hier raus, verstehst du? Wir müssen an einem Fluchtplan arbeiten.«

»Pah!«, machte Finn. »Wie soll das denn gehen?«

»Ich weiß es auch noch nicht«, zischte Joanna zwischen ihren zusammengepressten Lippen hervor. »Aber ich arbeite dran.«

»Hier!« Vojta rief die anderen zu sich. Er kniete am Ende des Raumes vor der Wand.

»Was hast du gefunden?«, fragte Ondra.

Vojta zeigte auf ein kleines Loch in der Wand. Direkt auf Fußbodenhöhe.

»Ratten!«, stellte Ondra fest.

»Scheiße!«, sagte Finn.

»Na super!«, klagte Joanna. Ratten hatten ihr gerade noch gefehlt!

»Na ja«, sagte Ondra. »Wären wir so klein und geschickt wie eine Ratte, hätten wir jetzt einen Weg hinaus.«

Joanna setzte sich nun endlich auch auf den kalten, steinigen Boden, so weit vom Rattenloch entfernt wie möglich.

»Warum halten die uns überhaupt hier fest?«, fragte sie schließlich. »Gut, sie sind sauer auf Jakub, weil er das Drogenpaket verloren hat. Aber wenn sie uns hier festhalten, bekommen sie ihre Drogen auch nicht wieder.«

»Sie werden uns bestrafen!«, fürchtete Ondra.

Jakub schaute finster zu ihm hinüber. Er war der Einzige, der kein Deutsch verstand. Aber irgendwie hatte er jetzt doch mitbekommen, was Ondra gesagt hatte.

Auch Finn rutschte das Herz in die Hose. »Be-strafen?«, fragte er. »Wie ... wie meinst du das?«

Ondra zog lange die Schultern hoch. »Keine Ahnung, was die darunter verstehen. Aber etwas werden sie machen. So viel ist sicher!«

»Oh, Mist!« Finn begann zu zittern. Er hoffte vergeblich, dass die anderen das nicht mitbekamen. Ängstlich sah er zu seiner Schwester. »Und es gibt wirklich keinen Ausweg?«

»Vielleicht doch«, antwortete sie.

»Du hast einen Plan?« Finns Gesicht hellte sich auf.

»Ich denke, ja!«

Ein riskanter Plan

»Wir sollten den Dealern die Puppe anbieten!«, schlug Joanna vor.

Finns Miene verfinsterte sich sofort wieder. Was war das denn für ein blöder Plan? Sie wussten doch selbst nicht, wo sich die Puppe befand.

»Na und?«, widersprach Joanna. »Selbst wenn wir die Puppe noch besäßen, würde sie uns nichts nützen. Schon vergessen, was Hauptkommissar Riesling gesagt hat? Er hat die Drogen herausgenommen und ersetzt. In der Puppe sind überhaupt keine Drogen mehr!«

»Da ist es doch noch blöder, ihnen die Puppe anzubieten!«, fand Finn.

Joanna stieß einen tiefen Seufzer aus.

»Du begreifst auch gar nichts. Die Dealer wissen doch nicht, dass die Puppe mittlerweile wertlos ist. Wir können also pokern. Bluffen, verstehst du? Wir tun so, als würden wir ihnen die Puppe zurückgeben. Vielleicht lassen sie uns dann frei. Und bei der Übergabe kann die Polizei sie schnappen. Wir müssen den Hauptkommissar einweihen und überzeugen, dass wir seine Lockvögel sind!«

»Moment, Moment!« So schnell kam Finn nicht mit.

Ondra hingegen hatte verstanden. »Das ist gut!«, stimmte er Joanna zu. »Ein guter Plan!«

»Hat nur zwei Haken!«, ergänzte Vojta. »Erstens: Wir sind gefangen.«

Joanna winkte ab. »Wir sagen den Bewachern Bescheid, dass sie zwei von uns freilassen müssen, damit wir die Puppe holen können.«

»Und wer?«, fragte Finn.

»Wir beide!« Joanna hatte sich längst entschieden.

»Moment mal!«, warf Vojta ein. »Wieso das denn? Wer sagt, dass wir können euch vertrauen. Vielleicht ihr wollt nur flüchten?«

»Mein lieber Vojta«, antwortete Joanna bestimmt. »Wenn du mal scharf nachdenkst, dann sind Finn und ich wohl die Einzigen hier im Raum, denen man trauen kann. Ihr habt uns schließlich in diesen Mist hineingezogen!«

Vojta zog seine Mundwinkel nach unten. Joanna hatte recht, aber so ganz sah er das doch nicht ein.

»Wenn ihr uns nicht vertrauen könntet, wären wir jetzt gar nicht hier!«, ermahnte Joanna ihn. »Also bitte! Im Übrigen: Prag ist doch die Schriftsteller-Stadt! Schon mal was von Friedrich Schiller gehört?«

»Der war mal in Prag?«, wunderte sich Vojta.

»Keine Ahnung«, gestand Joanna. »Aber er hat das Gedicht ›Die Bürgschaft‹ geschrieben. Darin geht es um Vertrauen und Freundschaft. Solltest du mal lesen!«

Vojta ließ sich nicht weiter auf die Diskussion ein.

»Schön«, sagte er. »Selbst wenn wir euch trauen können und euch gehen lassen: Woher wollt ihr die Puppe nehmen?«

Joanna zeigte auf Jakub. »Von seinem Opa!«

Die anderen schauten Joanna verblüfft an.

»Wenn ich es richtig verstanden habe«, erklärte Joanna, »dann hatte Jakub für die Dealer die Drogen in einer Puppe versteckt, stimmt's?«

»Ja!«, bestätigte Ondra. »Das wissen wir doch alle.«

»Dann hat das Polizistenehepaar die Puppe von Jakubs ahnungslosem Opa gekauft. Anschließend hat Finn sie bekommen, der hat sie meinem Vater gegeben. Seitdem ist sie verschwunden.«

»Ja!« Ondras Ton klang ein wenig gereizt.

»Also haben die Dealer die Puppe nie gesehen!«, kombinierte Joanna. »Und da die Drogen sowieso schon der Polizei in die Hände gefallen sind, müssen wir ohnehin tricksen. Das heißt, wir holen uns eine Puppe aus dem Theater, füllen sie mit einem weißen Pulver und vereinbaren eine Übergabe mit unseren Entführern. Genau dabei muss die Polizei zuschlagen!«

Ondra stutzte, überlegte und kam dann schnell zu einem Urteil: »Ein sehr guter Plan!«

»Außer, dass er sehr gefährlich ist!«, wandte Finn ein. »Das schaffen wir doch niemals. Wir sind Kinder, keine ausgebildeten Polizisten!«

»Genau darin liegt unsere Chance!«, widersprach Joanna. »Auch die Dealer betrachten uns als Kinder, das heißt: Sie unterschätzen uns!«

»Wow!«, stieß Vojta aus. »Respekt!«

»Finn hat recht«, sagte Ondra. »Gefährlich, dein Plan, wenn die Dealer nicht auf dich hereinfallen!«

»Hat jemand eine bessere Idee?«, fragte Joanna in die Runde.

Aber die hatte natürlich niemand. Sie saßen fest. Joannas Plan schien die einzige Möglichkeit, sich zu befreien.

Joanna atmete einmal tief durch. Dann schritt sie zur Tür und hämmerte dagegen. »Hallo!«, rief sie, so laut sie konnte, und hoffte, die Bewacher würden sie hören.

Doch erst einmal passierte gar nichts. Joanna und den anderen blieb nichts, als zu warten.

»Meinst du, die kehren überhaupt wieder zurück?«, fragte Finn, als sich nach einer geschlagenen Stunde noch immer nichts getan hatte.

»Ich glaube schon«, versuchte Joanna ihm und sich selbst Mut zu machen. »Die werden uns hier sicher nicht verschimmeln lassen.«

»Was macht dich da so sicher?«, fragte Finn.

»Weil es keinen Sinn ergibt. Wozu sollten sie das tun? Sie wollen ihre Drogen zurückhaben. Deshalb haben sie uns geschnappt. Über kurz oder lang wird jemand kommen und von uns verlangen, dass wir ihnen sagen, wo sie versteckt sind. Und dann kommt es darauf an, dass unser Plan funktioniert.«

»Na, prima Aussichten«, fand Finn. Und dann fiel ihm ein: »Heute Abend ist das Konzert. Schade, wäre bestimmt schön geworden!«

Joanna hob den Kopf und schaute Finn befremdlich an: »Was heißt denn hier wäre?«

»Du glaubst doch nicht ernsthaft, dass wir es noch ins Konzert schaffen?«, meinte Finn.

»Natürlich glaube ich das!«, entgegnete Joanna empört. »Was denkst du denn?«

»Ts!«, schnalzte Finn.

Manchmal war seine Schwester wirklich verrückt. Sie hockten in Gefangenschaft, mussten vielleicht sogar um ihr Leben bangen, ihr Vater wurde von der Polizei festgehalten, ihre Mutter saß mit verletztem Fuß im Hotelzimmer, und Joanna glaubte allen Ernstes, sie könne am Abend munter in ein Konzert spazieren, als wäre nichts geschehen!

»Da fällt mir ein«, sagte Joanna an Ondra gewandt. »Du hast mir versprochen, mir meine Eintrittskarten zurückzugeben!«

Finn konnte das nur noch mit einem Kopfschütteln kommentieren. Ondra aber zog seine Geldbörse aus der Tasche und überreichte Joanna tatsächlich die beiden Karten. Joanna nahm sie an sich. Statt eines Dankes verzog sie nur die Mundwinkel, als ob sie sagen wollte: »Mit mir nicht, Bursche! Merk dir das!«

Und endlich tat sich draußen etwas. Wieder hörten sie Schritte. Wieder öffnete sich die Tür. Wieder traten die beiden Männer in den Raum. Zufrieden stellten sie fest, dass ihre Gefangenen aufgewacht waren, und bauten sich in der Mitte des Raumes auf. Sie hatten sich nicht einmal die Mühe gemacht, ihre Gesichter zu vermummen, fiel Joanna auf. Entweder befürchteten sie nicht, dass einer ihrer Gefangenen später eine Aussage machen würde, oder sie wussten, wie wertlos diese ohne weitere Beweise war. Oder sie würden dafür sorgen, dass keiner ihrer Gefangenen je eine Aussage machen konnte!

Joanna versuchte schnell, diesen letzten Gedanken zu verdrängen. Dennoch spürte sie, wie ihre Hände feucht und schwitzig wurden. Schnell rieb sie ihre Handflächen an der Hose trocken und konzentrierte sich auf ihren Plan.

Einer der Männer übernahm das Wort. Ondra rückte dicht an Joanna und Finn heran, um leise zu übersetzen: »Er sagt, sie wollen zurück ihren Besitz, den Jakub ihnen hat gestohlen!«

Joanna verstand: Sie meinten die Puppe mit den Drogen. Klar, es war, wie Joanna vorausgesehen hatte.

»Wir sollen ihnen sagen, wo Jakub die Drogen versteckt hat. Dann würden sie uns sofort wieder freilassen«, übersetzte Ondra weiter.

Jakub antwortete auf Tschechisch. Und Joanna konnte sich schon denken, was er ihnen zu verdeutlichen versuchte, nämlich dass er die Drogen nicht gestohlen hatte, sondern sie versehentlich von seinem Großvater mit einer Marionette verkauft worden waren.

»Aber sie glauben ihm nicht«, ergänzte Ondra.

»Natürlich nicht«, flüsterte Joanna. »Sag ihm, dass mein Vater die Puppe versteckt hat, wir aber herausbekommen können, wo sie ist. Wir bringen sie ihm, wenn er mich und Finn gehen lässt. Bis heute, 17 Uhr, vor dem Haupteingang des Stadions, wo das Konzert stattfindet.«

»Ich versuche es!«, versprach Ondra. Er räusperte sich und meldete sich fast wie in der Schule zu Wort, bevor er vorsichtig begann, den Männern Joannas Vorschlag schmackhaft zu machen.

Die Männer hörten aufmerksam zu, schauten sich skeptisch an, bis einer sich an Joanna wandte und sie direkt ansprach. Allerdings auf Tschechisch, sodass Ondra wieder übersetzen musste: »Er fragt, wieso dein Vater überhaupt die Drogen hat. Und wo er sie versteckt hat. Schließlich haben sie mit Jakub das Hotelzimmer durchsucht.«

Joanna tat unschuldig und übernahm einfach mal die Theorie der Polizei. Wenn die daran glaubte, musste es für die Dealer doch erst recht überzeugend klingen.

»Ich weiß es nicht«, sagte sie also und setzte die unschuldigste Miene auf, zu der sie fähig war. »Aber mein Papa wurde festgenommen. Wir sind alle geschockt!«

Joanna spielte ihre Rolle so überzeugend, dass selbst Ondra für einen Moment Mitleid mit ihr bekam. Dann aber besann er sich und übersetzte. Die Männer blieben skeptisch. Dann stellten sie erneut eine Frage.

»Wenn du so unschuldig bist«, übersetzte Ondra, »woher willst du dann wissen, wo dein Vater die Drogen versteckt hat?«

»Er hat ein Schließfach am Bahnhof gemietet!«, schwindelte Joanna so überzeugend, dass Finn sie nur bewundernd anstaunte. Wie kam Joanna so schnell auf eine solche Idee?

»Finn und ich können von ihm oder meiner Mutter bestimmt den Schlüssel besorgen. Sie aber nicht!«

Ondra übersetzte, und Joanna glaubte in den Mienen der Männer zu erkennen, dass sie sich auf der Siegerstraße befand.

»Gut!«, ließ der Mann über Ondra wissen. »Dann treffen wir uns um 15 Uhr am Schließfach!«

›Okay!‹, dachte Finn. Auch der Bahnhof war ein guter Ort für eine Übergabe. Dort konnte sich die Polizei sicher auch postieren und im richtigen Augenblick zuschnappen. Doch zu seiner Überraschung ließ sich Joanna nicht auf den Vorschlag ein.

»Dann 17 Uhr. Aber am Stadion!«, beharrte sie.

Selbst Ondra schaute sie fragend an. Was sollte das? Was führte Joanna im Schilde? Dennoch übersetzte er. Zu seinem Erstaunen willigten die Männer ein.

»Okay!«, stimmte der Mann zu. Den Rest übersetzte wieder Ondra: »Ihr beiden geht. Wir müssen hierbleiben. Schaffst du es nicht, die Puppe zu besorgen, werden wir es büßen. Was immer er damit meint!«

»Ich schaffe es!«, versprach Joanna.

Finn war sich da bei Weitem nicht so sicher. Aber das behielt er lieber für sich.

Die Männer gingen und schlossen die Tür hinter sich. Finn und Joanna schauten Ondra fragend an.

»Sie kommen gleich wieder«, erklärte Ondra. »Vermutlich müssen sie deinen Vorschlag noch mit jemandem besprechen.«

Vojta nutzte sofort die Gelegenheit, Joannas Plan weiter auf den Prüfstand zu stellen. »Wenn ihr die Kerle verhaftet, wie könnt ihr uns dann befreien? Ihr wisst doch gar nicht, wo wir hier sind.«

›Gute Frage‹, dachte Finn bei sich. Die hatte er sich auch schon gestellt, sich aber nicht getraut, sie laut auszusprechen.

»Ich gehe davon aus, dass wir beim Hinausgehen erkennen können, wohin sie uns gebracht haben«, antwortete Joanna. Aber ganz so sicher, wie sie Vojta gegenüber tat, war sie sich selbst nicht.

Die Zeit läuft

Joannas Hoffnung, beim Hinausgehen zu erkennen, wo sie sich befanden, erfüllte sich nicht. Als die Männer zurückkamen, um Joanna und Finn abzuholen, verbanden sie ihnen als Erstes die Augen und führten sie blind durch die Gänge. Erst ging es einige Treppen hinauf in einen Raum, der nach dem Hall zu beurteilen, den ihre Schritte erzeugten, sehr groß und hoch sein musste. Finns Vermutung, dass sie sich in irgendeinem Teil der Burg befanden, konnte also stimmen. Aber wie fand er das heraus? Wenn man sie jetzt mit verbundenen Augen in einen Wagen setzte und in die Innenstadt fuhr, war jede Chance vertan. Im Nachhinein nachvollziehen, wo innerhalb der riesigen Burg sich das Verlies befand, war schier aussichtslos.

Finn musste schnell etwas einfallen. Oder ob Joanna den gleichen Gedanken hatte wie er und ihr etwas einfiel?

Von der Halle aus, in der sie standen, führte der Gang ins Verlies. So viel stand fest. Sie mussten also genau hier eine Spur oder Markierung hinterlassen, um die Halle wiederzufinden. Und das funktionierte am besten mit …

Einer der Männer packte Joanna am rechten Arm, um sie weiterzuführen. Joanna aber blieb stehen. Das bemerkte Finn auch mit verbundenen Augen. Joanna hatte ganz offenbar ebenfalls darüber nachgedacht, wie sie das Verlies wiederfinden sollten, und wie es schien, hatte sie einen Plan ausgeheckt.

»Verzeihen Sie!«, sagte sie. »Können Sie mich verstehen?«

Keine Antwort. Entweder weil der Mann sie tatsächlich nicht verstand oder weil er nicht mit ihr sprechen wollte.

Joanna versuchte es dennoch: »Wenn wir die Puppe besorgen sollen, brauchen wir unsere Handys. Meine Mutter wird sonst misstrauisch, verstehen Sie? Mein Bruder und ich müssen immer erreichbar sein. Heute Nacht fiel es nicht auf, aber wenn sie heute Morgen aufwacht und wir nicht da sind oder über Handys erreichbar … auweia.«

»Počkejte!«, sagte der Mann.

Finn hörte ihn gehen. Da ihm noch immer die Augen verbunden waren, wusste er nicht, ob er und Joanna allein gelassen worden waren oder ob noch jemand anwesend war, um sie zu bewachen.

Finn probierte es einfach aus. Er griff zum Tuch, mit dem seine Augen verbunden waren, und wollte es sich gerade vom Kopf ziehen, als eine Hand fest zupackte.

»Ani na to nemysli!«

»Okay, okay!«, sagte Finn. Es war also noch mindestens ein zweiter Mann im Raum.

Schon kam der erste zurück. Finn spürte, wie er ihm das Handy in die Hosentasche steckte. Anschließend gab er Joanna ihres ebenfalls zurück, glaubte Finn.

Das war also keine schlechte Idee von Joanna gewesen.

Der Mann nahm Joanna und Finn an den Armen und führte sie zum Ausgang. Sie gingen nun bereitwillig mit, während Finn überlegte, weshalb Joanna so sehr darauf erpicht gewesen war, die Handys zurückzubekommen. Natürlich! Die GPS-Funktion! Nur dazu mussten sie eins der Handys hier irgendwo ablegen. Warum unternahm Joanna nichts? Finn wurde bewusst, dass sie keine Zeit mehr hatten. Sie würden sicher gleich den Ausgang erreichen.

Da hörte Finn auch schon, wie der Mann die Tür öffnete. Er konnte nicht länger auf Joanna warten. Er musste etwas tun. Jetzt!

»'tschuldigung?«, sagte er, verzichtete diesmal aber darauf, einen ganzen Satz zu sagen, sondern fragte nur: »Toilette?«

Der Mann stöhnte genervt auf.

»Das ist immer so!«, behauptete Joanna. »Ständig muss er auf Klo. Auch zu Hause und in der Schule!«

Das stimmte natürlich nicht. Aber es war ein Hinweis für Finn, dass Joanna begriffen hatte, was Finn vorhatte, und es guthieß.

»Es tut mir leid!«, sagte Finn betont schuldbewusst. »Aber die halbe Nacht in dem Verlies, wo es keine Toilette gibt …«

»Dobrá! Dobrá!«, seufzte der Mann und zog Finn mit sich. Durch eine andere Tür hindurch, einen kleinen Gang entlang, linksherum, wieder durch eine Tür, rechtsherum, bis er durch eine letzte Tür geführt wurde. Dann riss der Mann ihm das Tuch vom Kopf. Finn schreckte geblendet vom grellen Licht zurück. Er stand in einer Toilette.

»Pospěš si!«, befahl der Mann.

Finn verstand den Befehl nicht, sagte aber: »Ich kann nicht, wenn Sie danebenstehen!«

Der Mann stieß erst einen Fluch aus und dann Finn in eine der Kabinen. Finn schloss von innen die Kabinentür und bemerkte, dass der Mann den Vorraum nicht verließ. Das machte aber nichts. Er musste tatsächlich und erleichterte sich. Anschließend schaltete er sein Handy ein, stellte es auf lautlos und versteckte es hinter dem Wasserkasten. Dann verließ er die Kabine.

Der Mann verband ihm wieder die Augen und führte Finn zurück zum Ausgang, wo sein Komplize mit Joanna wartete. Von dort aus passierten sie wieder eine Reihe von Gängen, Fluren und Treppen.

Finn fragte sich, ob das wirklich der richtige und direkte Weg war oder ob die Männer sie nur verwirren wollten. Er vermutete Letzteres. Die Methode zeigte Erfolg. Irgendwann musste Finn es aufgeben, sich den Weg mit all seinen Abzweigungen zu merken. Möglicherweise waren sie einige Male im Kreis geführt worden. Es dauerte jedenfalls ewig. Vielleicht hatte Joanna sich den Weg merken können. Ihr Orientierungssinn war gemeinhin besser als seiner.

Als sie endlich am Ziel angekommen waren und die Männer ihnen die Augenbinden abnahmen, fanden sich Finn und Joanna direkt vor dem Haupteingang der feierlich beleuchteten Burg wieder.

Die Sonne ging erst in einer halben Stunde auf. Die Nachtführungen, die auf dem Burggelände angeboten wurden, waren lange vorbei. So waren Joanna und Finn zu einem Moment ausgesetzt worden, an dem sie das gesamte Burggelände menschenleer vorfanden. Das bedeutete aber auch, dass sie zu Fuß zurück ins Hotel mussten, weil um diese Zeit weder ein Bus noch ein Taxi zu bekommen war. Für Letzteres hätten sie vermutlich ohnehin nicht genügend Geld dabeigehabt.

Sie mussten sich also beeilen, denn auf jeden Fall wollten sie in ihrem Zimmer zurück sein, wenn ihre Mutter aufwachte. Joanna hatte keine Idee, wie sie den Polizisten überzeugen sollte, ihrem Plan zu folgen, ohne ihren Eltern davon zu berichten. Selbst wenn er gewollt hätte: Er durfte einem solchen Unterfangen ohne

Erlaubnis der Eltern nicht zustimmen. Natürlich würde ihre Mutter nie im Leben Joannas Plan unterstützen. Dafür würden nicht einmal Joannas Überredungstalente ausreichen.

»Also, was machen wir jetzt?«, fragte Finn.

»Als Erstes zum Marionettentheater!«, schlug Joanna vor. »Das schaffen wir noch, bevor Mama wach wird. Wir brauchen eine Puppe. Hast du eigentlich dein Handy auf der Toilette versteckt?«

Finn bejahte. »So kann die Polizei mein Handy orten und unser Verlies wiederfinden.«

»Gute Idee!«, lobte Joanna. »Vorausgesetzt, die Burgmauern sind nicht so dick, dass sie den GPS-Empfang stören.«

Finn schaute sie an und erblasste. Daran hatte er nicht gedacht. »Meinst du …?«

Aber Joanna wischte ihre Bedenken fürs Erste beiseite. »Okay, zuerst zum Theater. Wie hieß die Straße noch mal?«

»Keine Ahnung!«, musste Finn eingestehen.

Joanna konnte sich auch nicht erinnern. »Mist!«, sagte sie ärgerlich. Damit konnten sie das Theater nicht ins Navi eingeben. »Dann müssen wir so versuchen, es zu finden. Erst mal Richtung Karlsbrücke. Den Weg hab ich noch im Kopf. Ich gebe es trotzdem sicherheitshalber ein. Von dort finde ich auch zum Theater.«

Joanna tippte die Karlsbrücke ins Navi. Und dann ließen sie sich den direkten Weg ansagen.

Siebzehn Minuten Fußweg hatte der Computer berechnet, aber Joanna und Finn standen bereits nach zehn Minuten vor dem verschlossenen Marionettentheater.

Jakub hatte ihnen gesagt, dass sein Großvater im ersten Stock desselben Hauses wohnte. Natürlich würde es nicht leicht sein, ihn morgens um halb sechs aus dem Bett zu klingeln und ihm zu erklären, dass sie dringend eine Puppe brauchten. Eine schriftliche Nachricht, in der Jakub einiges hätte erläutern können, hätte die ganze Sache vereinfacht. Aber niemand von ihnen hatte im Kerker Zettel und Stift dabeigehabt. Joanna und Finn blieb also nichts anderes übrig, als es einfach so zu versuchen.

An der Wand neben der Tür hing eine kleine Messingglocke, an deren Klöppel ein schlichtes Band baumelte. Joanna bimmelte kräftig, auch auf die Gefahr hin, einige Nachbarn zu stören. Sie konnten nur hoffen, dass Jakubs Opa keinen allzu festen Schlaf hatte.

Schon überlegten sie, laut zu rufen oder sogar kleine Steinchen an die Scheibe im ersten Stock zu werfen. Entsprechend überrascht waren sie, als plötzlich die Tür geöffnet wurde.

Jakubs Großvater stand komplett angezogen auf der Schwelle, staunte zwar über den unangemeldeten, frühen Besuch, fand aber schnell sein einnehmendes Lächeln wieder. Er mochte die beiden deutschen Kinder. Er drehte sich wortlos um und schlurfte voran zu den hinteren Räumen. Joanna und Finn verstanden das als Einladung, ihm zu folgen.

Jakubs Großvater bog vom Flur plötzlich rechts ab und landete in einer kleinen Werkstatt, in der ein Puppenkopf in einen Schraubstock eingespannt war, dessen rote Nase noch feucht glänzte. Daneben lag ein Pinsel auf dem Deckel, der zu einer geöffneten Dose mit roter Farbe gehörte. Ganz offensichtlich war Jakubs Großvater gerade damit beschäftigt gewesen, eine Marionette zu bemalen. Morgens um kurz nach fünf Uhr!

»Čaj?«, fragte er.

Nur weil er gleichzeitig eine kleine tönerne Teekanne vom Stövchen hob, erriet Joanna, dass er ihnen Tee anbot. Sie wollte erst ablehnen, doch dann entschied sie sich anders. Ein frisch gebrühter Tee würde ihr nach dieser Nacht vielleicht guttun.

Auch Finn sagte zu, obwohl er schwarzen Tee nicht besonders mochte. Nach dem ersten Schluck hellte sich seine Miene auf:

Hagebuttentee mit einem Schuss Zitrone und ordentlich gesüßt. Lecker!

Der Großvater registrierte zufrieden, dass den Kindern der Tee schmeckte. Dann schaute er sie erwartungsvoll an, als wollte er sagen: »Na, Kinder, dann erzählt mal, weshalb ihr gekommen seid!«

Wieder spürte Joanna deutlich, weshalb Jakub seinen Opa so sehr liebte und verehrte. Es brach ihr das Herz, ihm von den Drogengeschäften seines Enkels erzählen zu müssen. Wie würde er eine solche Nachricht aufnehmen? Aber vielleicht musste sie ihm davon ja auch gar nicht erzählen.

»Entschuldigen Sie, dass wir Sie mitten in der Nacht aufsuchen«, begann sie. Sie wusste nicht, ob er auch nur ein Wort verstand. Bei ihrem ersten Besuch hatte Ondra übersetzt.

Aber der Großvater nickte.

Joanna zögerte, doch dann sagte sie freiheraus. »Wir brauchen dringend eine Puppe. Jakub schickt uns.«

Wieder ein Nicken des Großvaters. Hatte er sie wirklich verstanden oder wollte er einfach nur freundlich sein? Einen Augenblick schaute Joanna den Großvater abschätzend an, konnte sich aber für keine Antwort entscheiden. Sie war sich ziemlich sicher, dass er kein Deutsch sprach, das musste aber nicht zwangsläufig bedeuten, dass er keines verstand.

Joanna wollte gerade weitersprechen, doch da fragte der Großvater plötzlich: »Jakub? Hat Sorgen? Wo ist Jakub?«

Joanna stutzte. Überlegte. Biss sich auf die Unterlippe. Schaute kurz zu Finn in der Hoffnung, dass er ihr beisprang. Aber der zuckte nur die Schultern.

Dann fasste sich Joanna ein Herz: »Jakub geht's gut. Aber er braucht Hilfe. Es ist zu kompliziert, jetzt alles zu erklären. Aber glauben Sie uns. Wir brauchen eine Puppe!«

Der Großvater schaute sie ernst an. Er dachte nach, ohne irgendeine Regung zu zeigen. Nur sein warmes Lächeln verschwand aus seinem Gesicht und wich einer Miene, die viel Sorge, Befürchtungen, aber auch böse Ahnungen ausdrückte. Schließlich erhob er sich, schlurfte zu einem Regal, nahm eine Marionette vom Haken und überreichte sie Joanna.

Joanna nahm sie an, wusste aber nicht, was sie sagen sollte. Solch eine seltsame Puppe hatte sie noch nie gesehen. War das überhaupt eine Puppe?

Im ersten Moment erinnerte sie Joanna und Finn an eine etwas aus der Form geratene Lebkuchenfigur. Es war ein plumper, gedrungener graubrauner Körper ohne Kleidung, aber auch ohne irgendwelche Merkmale oder menschliche Züge. Arme und Beine waren nur grob angedeutet, ebenso wie der Kopf, der als halbrunder Klumpen auf dem Rumpf saß.

Die Figur sah eher aus wie ein aus einem Warnschild ausgeschnittenes Piktogramm. Oder wie ein Lehmmonster. Und so fühlte sie sich auch an. Wie aus Lehm.

Großvater gewann sein freundliches Lächeln zurück.

»Jil!«, sagte er. »Aus Lehm.«

Tatsächlich. Joanna hatte richtig getippt.

»Golem!«, sagte der Großvater.

Joanna sah ihn fragend an. Auch Finn sah ratlos aus. Golem? Was sollte das sein?

»Ist das der Name der Puppe?«

Der Großvater wog abschätzend seinen Kopf hin und her, bevor er nickte. »Nicht kennen Golem?«

Joanna schüttelte den Kopf.

»Moment!«, sagte Finn.

Blitzschnell gab er den Begriff in eine Suchmaschine seines Smartphones ein und erhielt schnell eine Antwort:

Der Golem ist eine Figur der jüdischen Legende, die in Böhmen, aber auch anderswo in Mitteleuropa verbreitet war. Dabei handelt es sich um ein in menschenähnlicher Gestalt aus Lehm gebildetes Wesen, das durch Magie zum Leben erweckt wurde. Der Golem besitzt besondere Kräfte, kann Befehlen folgen, aber nicht sprechen.

Großvater nickte wieder und sagte: »Golem soll schützen Jakub!«

Joanna streichelte langsam die Marionette. Sie fühlte mit einem Mal, welche Bedeutung diese Figur offenbar für den Großvater hatte. Wohl deshalb hing sie als einzige fertige Puppe hier in der Werkstatt, während alle anderen vorn im Theater oder in den Fluren baumelten.

»Erste!«, sagte der Großvater. Er zeigte auf den Golem und auf sich.

Joanna verstand erst nicht.

Bis Finn fragte: »Das ist die erste Marionette, die Sie gemacht haben?«

»Ja!«, sagte der Großvater.

Joanna spürte plötzlich einen Kloß im Hals. Sie räusperte sich, bevor sie ein leises »Wow!« hauchte. Dann streckte sie die Puppe dem Großvater entgegen. »Nein! Nein! Das geht nicht. Die ist zu wertvoll!«

Der Großvater weigerte sich, sie anzunehmen, und wiederholte: »Soll schützen Jakub! Golem gut!«

»Schon klar!«, sagte Joanna, zog die Figur wieder an sich und drückte sie fast wie ein Neugeborenes in ihren Arm. »Ich werde auf sie aufpassen. Versprochen!«

Dann verabschiedeten sie sich und standen wenige Minuten später wieder draußen auf der Straße.

»Hoffentlich behält der alte Mann recht und Golem hilft!«, sagte Joanna zu Finn, noch immer sichtlich von dem Großvater beeindruckt.

»Ja«, stimmte Finn zu. »Mann, das ist seine erste Figur überhaupt! Wann er die wohl gemacht hat? Das ist doch bestimmt dreißig Jahre her oder so!«

»Wohl länger«, korrigierte Joanna. »Bestimmt fünfzig oder sechzig Jahre, wenn du mich fragst. Und vermutlich hat dieser Golem über all die Jahrzehnte sein kleines Theater beschützt. Bis zum heutigen Tage. Und nun gibt er sie aus der Hand, um seinem Enkel zu helfen. Weißt du, was das bedeutet, Finn?«

»Was?«

»Dass unser Plan auf gar keinen Fall scheitern darf!«

Polizei!

Der erste Schritt war getan. Nun stand der schwerste bevor, nämlich den Hauptkommissar davon zu überzeugen, mitzumachen. Sie wussten ja, wo er wohnte: im Grand Praha Hotel. Jetzt galt es, ein Gespräch mit ihm zu bekommen, ihm die ganze Angelegenheit zu erläutern und für Joannas Plan zu gewinnen.

»Der wird uns mächtig beschimpfen und das war's dann!«, befürchtete Finn.

Auch Joanna hatte kein gutes Gefühl, als sie mit ihrem Bruder vor dem Eingang des Hotels stand. Noch einmal ließ sie sich den gesamten Plan durch den Kopf gehen, um zu überlegen, ob es nicht vielleicht doch eine Alternative gab. Leider fiel ihr keine ein. Nur wenn die Polizei gleichzeitig während der Übergabe der Drogenpuppe und bei den Bewachern im Verlies zuschlug, bestand die Chance, den größten Teil der Drogenbande zu schnappen, ihre Freunde zu befreien und die Unschuld ihres Vaters zu beweisen.

»Also los!«, gab sich Joanna einen Ruck und ging mit Finn auf die Rezeption des Hotels zu, um den Hauptkommissar aus dem

Bett zu klingeln. »Verdammt!«, stieß sie aus. »Wir wissen seinen Namen gar nicht!«

Finn versuchte sich zu erinnern. Der Polizist hatte sich doch gegenüber dem Anwalt ihrer Mutter mit Namen vorgestellt. Wie hieß der gleich? Reis? Ruß? Fies?

»Richling!«, rief er, korrigierte sich aber gleich. »Nee, Rie…?«

»Riesling!«, fiel Joanna jetzt ein. »Genau. Aus Frankfurt. Ein Deutscher. Mit irgendeiner Operation Otto… oder so wollen sie hier gegen die Drogen kämpfen. Genau, Ottokar II!«

»Ja, und dabei haben sie Papa festgenommen, die Blödis!« Finn verzog die Mundwinkel.

Joanna marschierte forsch auf die Rezeption zu. »Guten Tag!«

Der Nachtportier warf flugs einen Blick auf seine Uhr. Es war 5 Uhr 45. Die Sonne war eben aufgegangen. Dann lächelte er die Kinder freundlich an und fragte: »Bitte sehr?«

»Wir wohnen mit unseren Eltern nur eine Straße weiter im Hotel. Wir sollen das hier dem Arbeitskollegen meines Vaters, Herrn Riesling, bringen.«

Joanna legte die Golem-Figur auf den Tresen.

Der Portier hob die Augenbrauen. »Gut. Danke. Wir werden es ihm aushändigen.«

Joanna schüttelte energisch den Kopf. »Nein, nur persönlich, hat mein Papa gesagt. Wegen Ottokar II.«

»Wegen Ottokar II?«

»Genau!« Joanna strahlte den Portier an. Sie wartete kurz und fügte dann hinzu: »Ich hab auch keine Ahnung, was das bedeutet. Papa hat aber gesagt, es ist sehr wichtig!«

»Jetzt?«, hakte der Portier ungläubig nach.

»Wenn Papa das sagt …!«, entgegnete Joanna und hielt ihren strahlenden Blick fest auf den Portier gerichtet.

»Aha«, sagte er, griff zum Telefon und tippte drei Ziffern ein.

Joanna stellte sich auf die Zehenspitzen und konnte so über den Tresen hinweglinsen. Wenn sie nicht alles täuschte, hatte der Portier soeben die Ziffern drei, acht und sieben gewählt. Das war wohl die Zimmernummer: 387.

Der Portier ließ es kurz läuten, aber wirklich nur sehr, sehr kurz, und legte wieder auf.

»Er nimmt nicht ab!«

In einem ersten Impuls wollte Joanna sich beschweren und sagen, dass er es gar nicht richtig probiert hätte. Doch dann meinte sie nur: »Okay! Wir kommen später wieder!«

Sie zog Finn mit sich Richtung Ausgang. Dort aber blieb sie stehen, wandte sich um, schaute zurück zum Tresen und sah, was sie gehofft hatte. Der Portier hatte sich wieder in seinen Computer vertieft, was immer er gerade daran zu tun hatte. Joanna legte den Finger auf den Mund, zeigte zum Fahrstuhl und gab Finn ein Startzeichen. Der begriff sofort. Die beiden duckten sich und rannten halb gebückt, halb schleichend auf den Fahrstuhl zu, der glücklicherweise gerade offen stand.

Joanna drückte auf den Knopf für die dritte Etage.

»Woher weißt du, dass wir in den dritten Stock müssen?«, fragte Finn.

»Zimmer 387, glaube ich«, sagte Joanna. »Und meistens steht die erste Ziffer für das Stockwerk.«

Sie hatte richtig getippt. Zumindest gab es hier in der dritten Etage ein Zimmer 387. Joanna klopfte. Keinerlei Reaktion. Niemand rief, niemand kam zur Tür. Doch damit hatte Joanna gerechnet. Sie wiederholte das Klopfen.

»Und wenn der Portier recht hatte, und es ist niemand da?«, fragte Finn.

»Wo sollen die denn sein?«, entgegnete Joanna. »Es ist nicht mal sechs Uhr!«

»Weiß nicht …« Ihm fiel auch nichts ein.

Joanna bollerte nun mit der Faust gegen die Tür. Und obwohl sie wollte, dass jemand zur Tür kam, erschreckte sie doch, als diese abrupt aufgerissen wurde. Hauptkommissar Riesling zog erstaunt die Augenbrauen hoch, als er die beiden Kinder vor sich sah. Mit allem hatte er gerechnet, aber mit den beiden ganz sicher nicht.

»Was wollt ihr denn hier?«, fragte er in strengem Ton. Die Tatsache, dass die Kinder ihn überhaupt aufsuchten, schien ihn noch mehr zu verwundern als die ungewöhnliche Uhrzeit, zu der sie dies taten.

»Wir müssen Sie dringend sprechen!«, begann Joanna.

Der Kommissar warf demonstrativ einen Blick auf seine Armbanduhr, die er offenbar nicht mal im Schlaf abnahm. Denn er stand im Bademantel vor ihnen, unter dem eine Pyjamahose herausguckte. Seine Haare lagen wild durcheinander. In seinem Gesicht zeichneten sich deutlich schwarze Bartstoppeln ab. Seine Füße steckten in solchen weißen Frottee-Badelatschen, die auch Joannas Familie in ihrem Hotel-Appartement gratis vorgefunden hatte.

»Wir wissen, wer die Drogen verkauft. Und drei von unseren Freunden, die das auch wissen, wurden mit uns zusammen von den Gangstern in einem Verlies gefangen genommen. In einem günstigen Moment konnten Finn und ich fliehen. Vorher haben wir mitbekommen, wann und wo eine Drogenübergabe stattfinden soll. Wenn Sie zu dem Treffpunkt kommen, können Sie die Bande schnappen und meinen Vater freilassen, weil er unschuldig ist!«, brabbelte Joanna so schnell los, als bestünden alle Sätze aus einem einzigen zusammenhängenden Wort.

Entsprechend verdutzt schaute der Kommissar drein und stammelte nur: »Wie bitte?«

Joanna brachte es fertig, alles Wort für Wort im exakt gleichen Tempo zu wiederholen.

Auch Finn wunderte sich etwas über die Aussage seiner Schwester. Was erzählte sie da von einer Flucht? Und von welcher Drogenübergabe sprach sie? Sie wurden doch nur freigelassen, um die Puppe mit den Drogen zu besorgen und sie heute um 17 Uhr vor dem Stadion zu übergeben? Dann würden Ondra und die anderen freigelassen werden. Auch davon hatte Joanna nichts erwähnt. Finn entschied sich aber, lieber zu schweigen. Er nahm an, seine Schwester wusste, was sie tat.

»Moment, Moment!« Der Kommissar hob abwehrend seine Hand. »Seid ihr nicht mehr bei Sinnen? Was für Freunde? Was für ein Verlies?«

»Wir können Ihnen alles genau erklären!«, sagte Joanna.

Der Kommissar verstand. »Wartet unten in der Lounge!«, bestimmte er. »Ich bin in zehn Minuten unten.«

Joanna und Finn folgten seiner Anweisung und fuhren mit dem Fahrstuhl wieder hinunter. Während der Fahrt befragte Finn seine Schwester zu ihrer merkwürdigen Aussage.

»Weshalb hast du nichts von der Übergabe der Puppe erzählt?«

»Na, was glaubst du wohl, was der Hauptkommissar gesagt hätte, wenn ich ihm vorgeschlagen hätte, als Lockvogel zu dienen? Er hätte sofort Mama alles erzählt, und die hätte dafür gesorgt, dass wir nicht zu diesem Treffpunkt erscheinen!«

»Und so?«, fragte Finn. Er verstand nicht ganz Joannas Idee.

»Na, so wird der Kommissar unserem Hinweis nachgehen und schauen, ob es wirklich eine Drogenübergabe gibt. Erst vor Ort wird er begreifen, dass WIR es sind, die diese ›Drogen‹ in Form einer Puppe überreichen! Dann wird es für den Kommissar zu spät sein, uns davon abzuhalten. Aber zuschlagen können sie trotzdem!«

»Auweia!«, kommentierte Finn. »Wenn das Mama erfährt!«

»Niemals!«, bestimmte Joanna.

»Und hinterher?«, setzte Finn nach. »Dann wird sie uns immer noch die Hölle heißmachen!«

»Stimmt!«, gab Joanna zu. »Aber dann haben wir alles erledigt. Den Rest müssen wir aushalten, um Ondra, die anderen und das Theater zu retten und Papa vor dem Gefängnis zu bewahren. Und dann wird man sehen, wie böse Mama noch auf uns sein kann.«

»Mir ist nicht wohl bei der Sache!«, bekannte Finn.

»Mir auch nicht«, gab Joanna zu. »Aber wir haben keine Wahl!«

Der Fahrstuhl hatte sein Ziel erreicht. Joanna und Finn setzten sich im Foyer vor den Augen des völlig perplexen Nachtportiers in die Sessel und warteten auf den Kommissar, der sein Versprechen hielt und pünktlich zehn Minuten später ebenfalls erschien.

Ende ungewiss

Bis hierhin war Joannas Plan recht gut aufgegangen. Im Foyer des Hotels hatte sie dem Kommissar noch mal etwas ausführlicher erläutert, was sie ihm vorher auch schon gesagt hatte. Dass sie selbst es war, die die Drogen übergeben sollte, hatte sie wieder weggelassen. Der Kommissar ließ offen, ob er den Kindern wirklich glaubte. Mit einem schlichten »Wir werden sehen, was wir machen können« ließ er die Kinder allein.

Doch Joanna meinte daraus die Zusage herausgehört zu haben, dass die Polizei vor Ort sein und die Übergabe überwachen würde. Finn blieb da skeptischer.

»Ach, komm!«, versuchte Joanna optimistisch zu sein. »Der wird doch die mögliche Chance, weitere Mitglieder des Drogenclans zu fassen, nicht verstreichen lassen, ohne es zu versuchen.«

»Wenn du meinst!«, sagte Finn.

Eigentlich konnten sie mit ihrer Arbeit zufrieden sein. Das fand Finn genauso wie seine Schwester. Allerdings: »Dir ist schon klar«, meinte Finn, »dadurch, dass wir selbst als Lockvogel auftreten, ohne dass der Kommissar davon etwas weiß, hat die Polizei keine Möglichkeit, uns zu schützen. Verstehst du, was ich meine?«

Joanna stimmte ihm zu. »Ja, keiner der verdeckten Ermittler, die die Aktion überwachen – wenn sie überhaupt dort sein werden –, rechnet mit uns. Deshalb werden sie uns auch nicht im Blick haben.«

»Was also«, ergänzte Finn, »wenn die Drogenhändler die Übergabe gar nicht wie verabredet vor dem Stadion durchziehen wollen, sondern uns von dort wieder verschleppen?«

»Oh Mann, Finn!«, schimpfte Joanna. »Musst du immer alles so negativ ausmalen. Es wird schon alles gut gehen!«

Finn schwieg. Seiner Meinung nach befanden sie sich erheblich mehr in Gefahr, als sie sich zugestanden. Dennoch postierten sie sich eine Viertelstunde früher als verabredet vor dem Stadion.

Zuvor hatte es sie noch einige Überzeugungskraft gekostet, rechtzeitig hier sein zu können. Sie hatten es geschafft, kurz bevor ihre Mutter aufwachte, in ihrem Hotelzimmer zu sein, sodass diese nichts von der abenteuerlichen Nacht ihrer Kinder ahnte. Nach dem Frühstück machte sie sich dann gleich auf den Weg, um ihren Mann in der Arrestzelle zu besuchen.

An diesem Tag würde ein Richter darüber entscheiden, ob er noch am selben Abend freikam oder länger festgehalten werden würde. Joanna und Finn hatten es vermeiden wollen, dem Kommissar zu begegnen, damit nicht doch noch alles aufflog. Denn am Schluss des Gesprächs hatten Joanna und Finn ihm das hochheilige Versprechen abgerungen, ihren Eltern zumindest bis zum Abend nichts von ihrem morgendlichen Besuch zu erzählen. Aber so ganz trauten sie dem Kommissar nicht, und deshalb blieben sie ihm, ihrer Mutter und der Polizeistation lieber fern.

Finn und Joanna hatten aufgrund der »besonderen Umstände«, wie ihre Mutter es nannte, die Erlaubnis erhalten, bis mittags allein unterwegs zu sein. Anschließend hatten sie gemeinsam zu Mittag gegessen, einen Mittagsschlaf gehalten – immerhin waren die beiden die ganze Nacht auf gewesen –, über den sich ihre Mutter zwar sehr gewundert, aber auch erfreut gezeigt hatte. Und für den Nachmittag gab es die gleiche Abmachung wie für den Morgen. Eigentlich!

Nur: An diesem Abend fand das lang ersehnte Konzert statt.

Die gesamte Reise über stand das Problem ungelöst im Raum. Joanna und Finn gingen fest davon aus, dass sie beide das Konzert besuchen durften. Ihre Eltern aber hatten mehrfach betont, dass sie entweder noch zwei Karten dazubekommen würden, damit sie alle vier gehen konnten. Oder Mama würde mit Joanna gehen und Papa mit Finn ein schönes Alternativprogramm machen. Zum Beispiel eine nächtliche Bootsfahrt.

Finn wollte die fast lieber machen als das Konzert besuchen, aber er wollte seiner Schwester nicht in den Rücken fallen, und außerdem – so hatte Joanna ihm gesagt – könnten sie die Nachtfahrt auf dem Boot ja auch einen Tag später gemeinsam unternehmen. Das war natürlich ein gewichtiges Argument gewesen. Noch immer war diese Frage nicht entschieden. Erst recht nicht, seit Papa auf der Wache festsaß, denn seitdem hatte Mama andere Dinge im Kopf.

So hatten sie sich um 17 Uhr 30 vor dem Kassenhäuschen am Stadion verabredet, um zu versuchen, dort Restkarten zu bekommen oder bei einem Schwarzhändler noch zwei zu kaufen. Sie alle hofften, dass dann ihr Vater wieder dabei sein würde. Joanna und Finn rechneten sich noch mehr Chancen aus als ihre Mutter. Denn sie glaubten fest daran, dass bis dahin die Bande gefasst sein würde.

Jetzt aber stand erst einmal die Übergabe bevor. Sosehr Joanna und Finn sich auch umschauten, sie konnten niemanden entdecken, der nach Polizei aussah. Das konnte einerseits ein gutes Zeichen sein. So würden auch die Dealer keine Polizei wittern. Aber vielleicht waren die Polizisten gar nicht anwesend! Darüber mochten Joanna und Finn aber nicht nachdenken.

Demonstrativ hielt Joanna die Golem-Marionette im Arm. Sie wollte besonders gut auf sie aufpassen, nachdem sie erfahren hatte, wie viel sie dem Großvater bedeutete. Andererseits wollte sie aber auch signalisieren, dass sie »die Ware« dabeihatten. Sicher wurden sie schon von den Dealern beobachtet.

»Siehst du jemanden?«, fragte Joanna.

Finn sah eine ganze Menge. Denn der Platz vor dem Stadion füllte sich. Das Konzert sollte um 20 Uhr beginnen. Ab 18 Uhr 30 war Einlass. Aber bereits jetzt, um kurz vor fünf Uhr, standen bestimmt schon ein- bis zweitausend Leute Schlange, die sich einen guten Platz ergattern wollten.

Über zehntausend Menschen fasste das kleine Stadion bei Konzerten. Und es war ausverkauft. Von überall strömten daher weitere Menschen herbei, und Joanna fragte sich, wie der Platz hier vor den Toren wohl in einer Stunde aussehen würde, wenn alle Zuschauer da sein würden, aber der Eingang immer noch geschlossen war. Für einen Moment befürchtete sie, ihre Mutter am Treffpunkt gar nicht finden zu können. Schon jetzt fiel es schwer, den Überblick zu behalten.

»Vielleicht sehen die uns gar nicht«, meinte Finn.

Joanna runzelte die Stirn. Da konnte Finn recht haben. Aber was sollten sie tun? Sie konnte ja wohl schlecht Finn auf ihre Schultern nehmen und die Marionette in die Höhe halten.

Obwohl ... Wieso eigentlich nicht? Sie waren Kinder und wurden von den Dealern auch als solche angesehen und behandelt. Also bitte sehr, sollten sie Kinder bekommen. Und für die

Polizisten, die ja gar nicht mit ihrer Anwesenheit rechneten, würden sie dann auch sichtbar werden.

Joanna erzählte Finn von ihrer Idee.

Der sagte erst: »Du spinnst!« Doch dann stimmte er zu.

»Wer trägt wen?«, fragte er.

»Ich nehme dich auf meine Schultern!«, entschied Joanna. Sie war zwei Jahre älter als ihr Bruder und entsprechend größer und kräftiger. Allerdings war Finn trotzdem schwerer, als Joanna es sich vorgestellt hatte. Als er auf ihren Schultern saß, kam sie ins Schwitzen und ihre Knie wackelten verdächtig.

»Mann!«, stöhnte sie. »Wie viel wiegst du denn?«

»41 Kilo! Wieso?«

»Du musst runter!«, klagte Joanna. »Du bist viel zu schwer!«

»Gleich! Gib mir die Marionette!«

»Wie soll ich das denn …?«, ächzte Joanna.

Mit beiden Händen hielt sie Finns Beine fest. Jetzt löste sie eine Hand, um ihm die Tüte mit der Puppe hinaufzureichen. Dabei kam sie ins Straucheln, konnte sich aber gerade noch so abfangen!

»Pass auf!«, rief Finn.

»Sehr witzig!«, antwortete Joanna. »Los, beeil dich. Ich kann dich gleich wirklich nicht mehr halten!«

Finn zog die Puppe aus der Tüte, spielte demonstrativ ein wenig mit ihr, hielt sie fest in den Händen und zeigte sie einmal in alle Richtungen. Dann sprang er von Joannas Schultern herunter, die erleichtert aufatmete.

»So, jetzt müssten uns alle gesehen haben«, sagte Finn.

Punkt 17 Uhr, stellte Joanna fest. Allmählich müsste sich etwas tun.

Und es tat sich etwas. Und zwar schneller, als ihnen lieb war.

Finn bekam plötzlich von hinten einen Stoß und wäre fast

vornüber gegen seine Schwester geknallt. Die aber wurde von der anderen Seite von jemandem beiseitegerissen. Finn stolperte und ließ die Puppe aus seinen Händen fallen, während Joanna neben ihn stürzte. Instinktiv, um Halt zu suchen, griff Joanna nach dem Arm, der sie gestoßen hatte, bekam ihn auch zu fassen, packte fest zu und wollte sich an ihm hochziehen und den Gegner gleichzeitig festhalten. Doch im selben Moment traf sie ein Faustschlag mitten ins Gesicht. Wie ein Boxer in der zwölften Runde taumelte Joanna zu Boden. Blut spritzte aus ihrer Nase und sprenkelte wie eine Gießkanne große rote Flecken auf den Asphalt.

Ein harter Stoß auf den Hinterkopf hinderte Finn daran, laut um Hilfe zu rufen. Nur ein Schmerzensschrei entwich seiner Kehle, während er sich mit beiden Händen den Schädel hielt und ebenfalls zu Boden sackte. Verletzt und voller Schmerzen fanden sich beide am Boden wieder.

»Du blutest!«, rief Finn entsetzt.

Joanna hatte das längst festgestellt, weil sich ihre Handfläche, mit der sie sich über die Nase gestrichen hatte, blutrot verfärbt hatte. Tränen standen ihr in den Augen. Sie schaffte es nicht, sie zu unterdrücken, und begann lauthals zu weinen. Auch Finn konnte es nicht verhindern. Und er wollte es auch gar nicht. So heftig pochte der Schmerz in seinem Hinterkopf, als ob jemand immer noch darauf boxen würde. Er spürte förmlich, wie ihm eine dicke Beule aus dem Kopf wuchs, und immer wieder prüfte er, ob er am Kopf blutete, was aber zum Glück nicht der Fall war.

Mit einem Mal war jemand zur Stelle, der sich der beiden weinenden Kinder annahm.

»Bleibt sitzen! Ein Sanitäter ist unterwegs!«, sagte er.

Joanna erkannte, dass es Kommissar Riesling war, der sich zu ihnen hinabbeugte und die Wunden der Kinder anschaute. Als er feststellte, dass es sich um keine gefährlichen Verletzungen handelte, die die Kinder erlitten hatten, begann er sofort mit einer Schimpftirade. »Sagt mal, was habt ihr euch denn dabei gedacht? Ehe wir begriffen hatten, dass ihr die Ware übergeben sollt, wäre es fast zu spät gewesen! Meine Herren, das hätte aber wirklich schlimm ausgehen können!«

Der Sanitäter war zur Stelle und nahm sich zuerst Joannas verletzter Nase an. Er wischte ihr das Blut vom Gesicht, stopfte ihr blutstillende Watte ins Nasenloch, betastete die Nase vorsichtig und stellte schließlich fest: »Nicht gebrochen, nur ein wenig geschwollen. Die Blutung geht gleich weg.« Er reichte ihr noch etwas Kühlendes gegen die Schwellung und begann dann Finns Kopf zu untersuchen. Aber auch er hatte nicht mehr als die kleine Beule davongetragen.

Kommissar Riesling blieb bei ihnen stehen und betrachtete die Kinder mit einer Mischung aus Besorgnis und Ärger. Immer wieder schüttelte er den Kopf. »Ich werde eure Mutter verständigen!«, sagte er. Und es klang weniger wie eine Information als vielmehr wie eine Drohung.

»Nicht nötig!«, erklärte Joanna. Durch die geschwollene Nase, die auch noch mit Watte verstopft war, näselte sie so sehr, dass selbst Finn genau hinhören musste, um sie zu verstehen. »Wir sind hier um halb sechs verabredet. Sie wird sicher gleich kommen.«

Bevor der Kommissar darauf etwas sagen konnte, läutete sein Handy. Er nahm das Gespräch an, redete auf Tschechisch, hörte dann zu, sagte wieder etwas und beendete das Gespräch.

»Wir haben die zwei Männer, die euch niedergeschlagen haben, gefasst!«, erklärte er. »Und die Ortung eures Handys hat ebenfalls geklappt. Wir haben eure Freunde in der Burg gefunden und konnten dort auch drei Männer festnehmen. Das Beste aber ist, dass wir auf einen geheimen Gang gestoßen sind, der zu dem illegalen Drogenlabor führt, wo die Bande ihre synthetischen Drogen hergestellt hat. Das war schon ein wichtiger Fund. Also ich muss sagen, ihr habt zwar leichtsinnig und unverantwortlich gehandelt. Aber eure Idee mit dem Handy war richtig gut.«

Finn und Joanna strahlten.

Die Miene des Kommissars verfinsterte sich sofort wieder. »Kein Grund, auf eure Aktion stolz zu sein!«, schimpfte er. »Wie gesagt: Sie war unverantwortlich, leichtsinnig und gefährlich! Und genau das werde ich auch euren Eltern erzählen, wenn sie gleich kommen.«

Finn stutzte. »Unsere Eltern kommen? Nicht nur meine Mutter?«

Auch Joanna horchte auf.

»Wisst ihr das noch nicht?«, fragte der Kommissar. »Euer Vater ist vor einer Stunde entlassen worden. Der Richter hat keinen Haftbefehl erlassen. Wir haben auch keinen beantragt. Wir sind ja auch nicht blöd. Insofern hättet ihr euch eure waghalsige Aktion sowieso sparen können!«

Finn hörte gar nicht mehr hin. Er sah jetzt nämlich seine Eltern auf dem Platz stehen, die sich suchend nach ihren Kindern umsahen.

»Hier!«, brüllte Finn. »Hier sind wir!«

Mama und Papa liefen auf ihn zu, stoppten aber erschrocken, als sie Joannas blutende Nase sahen. Dann entdeckten sie den Kommissar und fragten verwundert, was denn hier los wäre.

»Diebe!«, sagte der Kommissar schnell. »Aber wir haben sie erwischt. Alles Nähere kann ich Ihnen morgen auf der Polizeiwache erklären. Dorthin müssten Sie bitte noch mal kommen wegen der Formalitäten der Festnahme und der Entlassung. Wir brauchen ein Protokoll!«

»Ja, ja! Schon recht«, stimmte Papa zu, nahm Finn in den Arm und streichelte Joanna behutsam über den Kopf. »Tut's sehr weh?«, fragte er.

»Geht schon«, antwortete Joanna tapfer, wischte sich die letzten Tränen aus den Augen und fragte: »Habt ihr Karten bekommen?«

Mama und Papa wussten im Moment gar nicht, wovon Joanna sprach.

»Äh … wie? Karten?«, fragte Papa.

»Für das Konzert!« Joanna zeigte auf den Eingang. »Gleich ist Einlass!«

»Wer denkt denn jetzt ans Konzert?«, fragte Mama entsetzt. »Nach allem, was passiert ist. Und sieh dir mal deine Nase an. Meine Güte, ist die geschwollen!«

»Danke!«, sagte Joanna schnippisch. »Das ist genau das, was ich jetzt hören möchte!«

Mama huschte ein leichtes Lächeln übers Gesicht. »Oh, Entschuldigung. Aber trotzdem …!«

»Mama!«, unterbrach Joanna sie. »Wir sind doch nur wegen des Konzerts hierhergekommen. Und gleich geht es los. Wenn ihr aber immer noch keine Karten habt, müssen Finn und ich allein …«

Weiter kam sie nicht.

»Du spinnst wohl!«, entrüstete sich ihre Mutter. »Um nichts in der Welt lasse ich euch jetzt noch mal allein!«

»Mama!« Joanna verzog die Mundwinkel.

»Verzeihen Sie, ich möchte mich ja nicht einmischen«, warf der Kommissar ein. »Aber ich könnte Sie mit hineinnehmen!«

Alle vier starrten den Kommissar an.

»SIE haben Karten?«, staunte Joanna.

Der Kommissar grinste verschmitzt, zog seinen Polizeiausweis hervor und sagte: »Ich habe sozusagen eine Dauerkarte für ALLE Konzerte. Jedenfalls komme ich hiermit überall hinein! Nehmen Sie es als Entschädigung für die Festnahme!«

Joanna und Finn jubelten. Mama und Papa bedankten sich artig.

Kommissar Riesling machte eine einladende Handbewegung. »Wir brauchen auch nicht bis zur offiziellen Öffnung warten. Bitte sehr!«

»Cool!«, fand Finn.

Und so zogen die vier mit dem Kommissar als erste Besucher vor den zehntausend anderen Gästen ins Stadion hinein. Ein wenig dachte Joanna auch an Ondra und Vojta. Ursprünglich hatten sie ja gemeinsam ins Konzert gehen wollen. Aber Ondra hatte sowieso geschwindelt, als er behauptete, er könne noch Karten besorgen. Okay, jetzt wollte sie nicht mehr an ihn denken, sondern sich aufs Konzert freuen. Obwohl es schade war. Mit Ondra wäre es bestimmt nett geworden.

Joanna durfte sich einen Platz unmittelbar vor dem Mischpult aussuchen. Das hieß, der mit dem besten Blick und der besten Akustik.

»Klasse!«, freute sie sich.

»Ich habe Durst!«, sagte Finn.

Papa wollte sich gerade aufmachen, um etwas zu kaufen, als von hinten eine Stimme fragte: »Reicht Sprudelwasser?«

Joanna und Finn schauten sich um – vor ihnen stand Ondra und wedelte grinsend mit einer Flasche Wasser in seiner Hand.

»Wo kommst du denn her?«, fragte Joanna strahlend.

Ondra zeigte auf einen jungen Mann unter dem Zeltdach, das das Mischpult schützte.

»Das ist mein Cousin Karel!«, stellte Ondra ihn vor. »Früher er war verantwortlich für das Licht im Marionettentheater. Seit einigen Jahren er arbeitet bei der größten Prager Firma für Bühnenbeleuchtung. Connections!«

»Du hast aber viele Cousins«, stellte Finn fest.

Ondra schüttelte den Kopf. »Nur zwei: Jakub und Karel!«

»Und den einen sehe ich morgen mit dir und Vojta zusammen auf der Wache«, ging der Kommissar dazwischen. Wir haben da noch etwas zu klären, nicht wahr?«

Ondra nickte schuldbewusst. »Ich weiß!«

»Aber jetzt erst einmal: Viel Spaß!«, sagte der Kommissar. »Oder wie hat man früher bei uns gesagt? Lasst die Puppen tanzen!«

Ondra lachte. »Ja? Was für ein merkwürdiger Ausdruck!«

Aber der Kommissar hatte die alte Ausdrucksweise mit Bedacht gewählt. Denn gerade kam einer seiner Kollegen und überreichte ihm die Golem-Marionette, die er gleich an Finn weitergab. »Das ist deine, oder?«

Finn verneinte, nahm sie aber an. »Sie gehört Jakubs Opa!«

»Und sie hat funktioniert!«, sagte Joanna strahlend. »Gleich morgen bringen wir sie ihm zurück! Magic!«

»Magic?«

»Das ist ein Stück von Coldplay!«, erklärte Joanna. »Auf geht's! Genießen wir das Konzert!«

Ende

PS: Als Joanna und Finn nach dem Konzert glücklich und zufrieden zurück im Hotel ankamen, wartete die nächste Überraschung auf sie. Der Nachtportier überreichte ihnen die vermisste Wassermannpuppe. Ein Patient hatte die Tüte mit ihr versehentlich mitgenommen und sich nun bei der Sprechstundenhilfe gemeldet, die die Puppe persönlich im Hotel vorbeibrachte. Zum Glück hatte niemand die »Drogen« entdeckt, die in ihr steckten. Wenngleich es sich auch nur um schlichtes Backpulver handelte, denn die Polizei hatte die Drogen ja ausgetauscht. Dennoch warfen Joanna und Finn die Tüte am nächsten Morgen in aller Frühe in die großen Müllcontainer des Hotels, wo sie dann für immer verschwand.

Kleiner Tschechisch-Wortschatz

Begegnungen

Hallo! Tschüss!	Ahoj!
Guten Morgen!	Dobré ráno!
Guten Tag!	Dobrý den!
Guten Abend!	Dobrý večer!
Wie geht es Ihnen / dir?	Jak se máte / máš?
Danke. Und Ihnen / dir?	Děkuji A Vy / ty?
Wie ist Ihr Name, bitte?	Jak se jmenujete?
Wie heißt du?	Jak se jmenuješ?
Ich heiße …	Jmenuji se …
Das ist mein Bruder / meine Schwester.	To je můj bratr / moje sestra.
Woher kommen Sie / kommst du?	Odkud jste / jsi?
Ich bin aus …	Jsem z …
Wie bitte?	Prosím?
Entschuldigen Sie / Entschuldige!	Promiňte / Promiň!
Ich spreche nur wenig Tschechisch.	Neumím moc dobře česky.
Ja, bitte.	Ano prosím.
Nein, danke.	Ne, děkuji.
Okay!	Tak jo!
Hilfe!	Pomoc!
Achtung! / Vorsicht!	Pozor!
Auf Wiedersehen!	Na shledanou!

Stadtbummel

Auto	auto
Brücke	most
Brunnen	studna
Burg	hrad
Dieb	zloděj
Fahrrad	(jízdní) kolo
Fluss	řeka
Garten	zahrada
Gasse	ulice
Hotel	hotel
Insel	ostrov
Kathedrale / Kirche	chrám / kostel
Labyrinth	bludiště
Museum	muzeum
Parkplatz	parkoviště
Platz	náměstí
Polizei	policie
Puppentheater	loutkové divadlo
Schiff / Schifffahrt	loď / plavba lodí
Schloss	zámek
Stadtplan	plán města
Straße	ulice
Taxi	taxi, taxík
Verlies	hladomorna

Medien und Kommunikation

Foto	fotka
Handy	mobil
Internet	internet
Kopfhörer	sluchátka
WLAN	WiFi

Essen und Trinken

Brot / Brötchen / Toast	chleba / houska / toust
Café	kavárna
Eis	ledová káva
Fisch	ryba
Fruchtsaft	džus
gebratene Ente	kachna pečená
Kakao	kakao
Konditorei	cukrárna
Milch	mléko
Palatschinken	palačinky
Pommes frites	hranolky
Prager Schinken	pražská šunka
Restaurant	restaurace
Rotkohl	červené zelí
Salat	salát
Sauerkraut	kysané zelí
Schinken	šunka
Semmel- / Kartoffel- / Speckknödel	houskové / bramborové / špekové knedlíky

Tee	čaj
(Mineral-) Wasser	(minerální) voda
Die Speisekarte, bitte.	Jídelní lístek, prosím.
Bitte bringen Sie uns …	Přineste nám prosím …
Bitte ein Glas / eine Flasche	Prosím sklenici / láhev
Guten Appetit!	Dobrou chuť!
Das Essen war ausgezeichnet!	Bylo to výborné!
Die Rechnung, bitte.	Účet prosím.
Es stimmt so.	To je v pořádku.

Währung und Uhrzeit

Tschechische Krone	česká koruna (Kč)

1 Krone entspricht etwa 0,04 Cent.

Wie viel Uhr ist es?	Kolik je hodin?
Es ist ein Uhr.	Je jedna (hodina).
Wann?	Kdy?
Um ein Uhr.	V jednu (hodinu).
In einer Stunde.	Za hodinu.
In zwei Stunden.	Za dvě hodiny.

Zahlen

0	nula
1	jedna f, jeden m
2	dva m, dvě f
3	tři

4	čtyři
5	pět
6	šest
7	sedm
8	osm
9	devět
10	deset
11	jedenáct
12	dvanáct
13	třináct
20	dvacet
30	třicet
40	čtyřicet
50	padesát
100	sto
1000	tisíc
100.000	sto tisíc
1.000.000	milión

Wochentage und Monate

Montag	pondělí
Dienstag	úterý
Mittwoch	středa
Donnerstag	čtvrtek
Freitag	pátek
Samstag	sobota
Sonntag	neděle
Januar	leden
Februar	únor

März	březen
April	duben
Mai	květen
Juni	červen
Juli	červenec
August	srpen
September	září
Oktober	říjen
November	listopad
Dezember	prosinec

Prager Ortsnamen

Altstadt	Staré Město
Altstädter Rathaus	Staroměstská radnice
Altstädter Ring	Staroměstské náměstí
Feuergasse	ulice Jiřího Červeného
Goldenes Gässchen	Zlatá ulička
John-Lennon-Mauer	Lennonova zeď
Jüdisches Viertel	Josefov
Karlsbrücke	Karlův most
Karlsgasse	Karlově
Kleiner Ring	Malé náměstí
Kleinseite	Malá Strana
Moldau	Vltava
Nationalmuseum	Národní muzeum
Prager Burg	Pražský hrad
Pulverturm	Prašná brána
Veitsdom	Katedrála / chrám sv. Víta
Wenzelsplatz	Václavské náměstí

Inhalt

Andreas Schlüter wurde 1958 in Hamburg geboren. Bevor er mit dem Schreiben von Kinder- und Jugendbüchern begann, leitete er mehrere Jahre Kinder- und Jugendgruppen und arbeitete als Journalist und Redakteur. Mit dem ersten Band der Erfolgsserie »Level 4« gelang ihm 1994 der Durchbruch als Schriftsteller. Neben Kinder- und Jugendbüchern schreibt er auch Drehbücher, u. a. für den Tatort und krimi.de. Andreas Schlüter arbeitet in Hamburg und auf Mallorca.
Mehr auf www.schlueter-buecher.de

Daniel Napp wurde 1974 in Nastätten, Rheinland-Pfalz, geboren. Nach Abitur und Zivildienst im Krankenhaus absolvierte er von 1996 bis 2002 ein Designstudium in Münster mit dem Schwerpunkt Illustration. Seit 2006 arbeitet er in der Ateliergemeinschaft Hafenstraße in Münster. Er wurde bereits viermal für die Illustratorenschau zur Kinder- und Jugendbuchmesse in Bologna ausgewählt.
Mehr auf www.daniel-napp.de

Tulipan-Newsletter
Tolle Lesetipps kostenlos per E-Mail!
www.tulipan-verlag.de

© Tulipan Verlag GmbH, München 2015
Alle Rechte vorbehalten
1. Auflage 2015
Text: Andreas Schlüter
Coverillustration: Daniel Napp und Markus Spang
Bilder und Vignetten: Daniel Napp
Lektorat: Angela Mense
Layout und Satz: www.lenaellermann.de
Umschlaggestaltung: www.anettebeckmann.de
Druck: GGP Media GmbH, Pößneck
ISBN 978-3-86429-219-4

Ein actionreicher Städtekrimi!

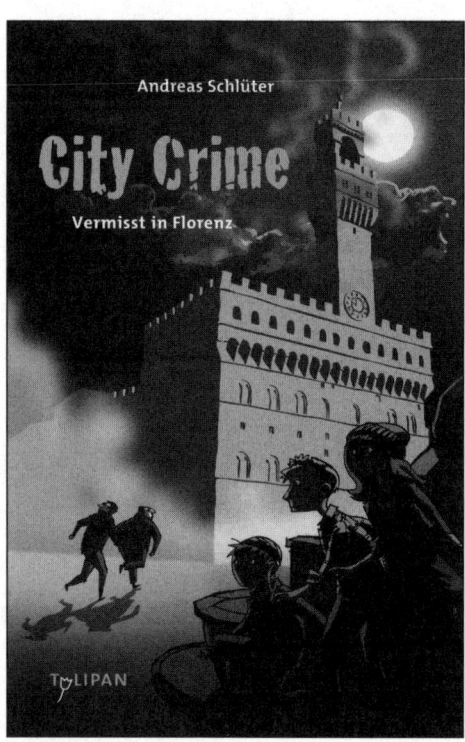

ISBN 978-3-86429-155-5 • € 11,95 (D)/€ 12,30 (A)/sFr 17,90

Endlich Ferien! Finn freut sich auf den Urlaub in Florenz
mit seinem Vater und seiner Schwester Joanna. Doch dann
verschwindet der Vater plötzlich. Und Finn und Joanna
werden von unheimlichen Männern verfolgt. Schon bald
ist klar: Der Vater hütet ein dunkles Geheimnis. Denn in
seinem Notizbuch sind mysteriöse Codes notiert ...

»Spannend!« ZEIT LEO

Stadion

Moldau

DISCHES VIERTEL

Pulverturm

ALTSTADT

Wenzelsplatz

Nationalmuseum